꽃은 누구에게나 핀다

꽃은 누구에게나 핀다

오은환 지음

북로망스

살면서 처음으로 아침이 반갑고, 가슴 설레는 매일을 맞이하고 있습니다. 작가님을 만나 인생을 다시 마주하게 되었고 스스로를 돌아보며 성장하고 있습니다. 내 안에 잠자고 있던 꿈을, 나의 가치를 하나씩 꺼내어 볼 수 있도록 도와주셔서 감사드립니다. 단순히 지식을 배우는 것을 넘어, 진짜 '나'를 찾고 싶다면 이 책을 적극 추천합니다. _임지수

은환 님을 만난 건 정말 행운입니다. 전혀 몰랐던 저의 잠재력, 겁 없이 세상에 뛰어든 제게 너무나도 필요했던 기본기, 삶을 바라보는 긍정적인 시각과 지혜를 새롭게 배우게 됐어요. 무엇보다 앞길이 한없이 깜깜하게 느껴질 때 등불이 되어 따스하게 비춰주시고, 용기와 나아갈 힘을 주시는 분이에요. 값지고 감사한 말씀이 가득했습니다. _한채원

더는 할 수 있는 게 없다며 조금씩 포기하던 어느 날, "아직 할 수 있는 일이 이렇게나 많은걸요!"라고 말해 주시는 선생님을 만났습니다. 선생님은 제가 머물던 좁은 마을에서 눈을 들어 아예 다른 세상을 보게 하셨어요. 어둠 속에서 길을 영영 잃어버린 듯한 순간에 만난 북극성 같은 선생님, 삶의 지도를 다시 그리도록 도와주셔서 진심으로 감사드립니다.
_안리원

하고 싶은 일을 하면서 살고 싶은데 막연할 때, 끊임없이 노력했지만 늘 제자리라 막막할 때, 은환 님을 만나 꿈을 이뤘어요. 뾰족한 지혜, 지속적인 과제를 통한 성장, 해낼 수 있다는 응원을 통해 앞으로 나갈 힘과 용기를 얻었고요. 이 도전들이 모여 제 인생에 또 다른 세상이 열렸습니다! '인생 부스터'를 장착하고 싶다면, 이 책을 추천합니다. _김혜인

8년 차 교사인 저는 애들에게 '진짜 하고 싶은 일을 찾아'라고 말하면서도 스스로는 용기 내지 못했어요. 그러다 은환 님을 만나고 생각하지도 못한 길을 걷게 되면서 더 큰 꿈이 생겼습니다. 꿈꾸는 일은 여유 있는 사람들이나 하는 일이라고 여겼는데, 은환 님의 말들은 그 단단한 고정관념을 부수고 그 자리를 희망과 기대로 가득 채워 주었습니다. 정체됐다고 느끼는 많은 분이 용기를 얻으시면 좋겠습니다. _김슬아

'환갑'이면 '살 만큼 산 나이'라고 생각했는데 작가님을 만나 새로운 변화를 시도하게 됐고 인생의 터닝포인트를 맞이하게 됐습니다. 늘 쳇바퀴 돌듯 성장 없는 삶을 살던 제가 꿈 뒤의 꿈을 꾸며 희망차게 살고 있습니다. 늘 닮고 싶고 간직하고 싶던 언어들을 글로 마주하게 되니 정말 기쁩니다. _이현선

40대 중반까지 내가 좋아하는 것이 무엇인지, 내가 잘할 수 있는 것이 무엇인지 모르고 살았습니다. 그러다 작가님을 만나면서 인생을 완전히 바꿔버린 목표가 생겼고, 꿈을 향해 조금씩 앞으로 나아가고 있는 저 자신을 발견하게 되었습니다. 지금 변하고 싶다면 바로 은환 님을 만나보세요. 꿈을 꾸는 인생이 아닌, 꿈을 이루는 인생으로 바뀔 겁니다. _김인숙

늘 꼼꼼하고 섬세하게 귀 기울여 주시고 다가와 주시는 따뜻한 분을 만났습니다. 그녀만큼 진심을 다해 사람들에게 마음을 전하는 사람은 드뭅니다. 매 순간 마음을 기울여 듣고 하나라도 더 알려주려고 밤을 새우며 공부하는 그분은 진짜 스승이십니다. 포기하고 싶은 순간, 툭 건네주신 한마디에 힘을 얻었고 용기가 생겼습니다. 이 책을 통해 더 단단해진 제가 되었습니다. 감사합니다. _장미화

당신의 때는 반드시 옵니다

늘 탁월한 사람들을 동경하곤 했다. 특히 소비자 심리학에 매력을 느껴 마케팅 분야에서 성공하고 싶었던 나는, 이 분야에서 높은 목표를 세우고 성취해 낸 그들처럼 되고 싶었다. 그들과 함께 일하며 성장한 경험도 많았지만, 한편으로는 그에 비해 나는 한없이 부족하다는 열등감, 혹독한 자기 평가에 시달렸다. 잠을 줄여가며 노력하고 열심히 했으나 불안한 마음은 그대로였다. 마음속에서 의문이 올라왔다.

'다 자기의 때가 있다고 하던데,
정말 나에게도 나의 때가 올까?'

'성실히 노력만 한다고 될 일이 아닌 것 같다'는 생각에 휩싸이는 날이면, 모든 노력이 결국에는 허사가 되리라는 마음에 조바심이 들고 힘들었다. 스트레스가 너무 클 때는 현실도피를 하기도 했다. 잠만 자기도 하고, 해야 할 일과 전혀 관계가 없는 일을 하며 시간을 보내기도 했다. 하지만 도망친 곳에 낙원은 없었다. 스트레스로부터 고개를 돌릴수록 위안은커녕, 목표한 만큼 노력하지 않았다는 자책감에 자신감은 더 꺾이고 포기하고 싶은 마음마저 올라왔다.

나쁜 굴레를 반복하던 어느 날, 우연히 한 노래를 들었다. '모두 다 꽃이야'라는 제목의 노래였다. 어느 곳에서 피어도, 언제 피어도, 이름이 없어도, 모두 다 꽃이라는 내용의 가사. 한참을 들었다. 내게 용기를 건네는 듯해서. "당신이 누구든, 어디에 있든, 무엇을 하든, 당신은 꽃이라고. 아직 피지는 않았을지라도, 언제 피어날지라도, 당신이 꽃이라는 사실은 변함이 없다"고.

그 말을 기억하며 '나의 때가 영영 오지 않으면 어쩌나' 하는 마음을 꾹 누르고, 아직 씨앗일 뿐이라고 언젠가는 꼭 꽃으로 피어날 거라고 용기를 내며 앞으로 걸어갔다. 꿈을 이루는 데 필요한 도서들을 탐독하고, 현장에서 직접 몸으로 부딪치며, 나보다 훨씬 앞서간 선배나 멘토, 교수님들에게 도움을 청하고, 주변 관계들에서 힘을 얻으며, **나는 나를 절대 포기하지 않았다.**

부단히 노력한 끝에, 기대하던 일들이 현실로 나타났다. 수만 명에게 사랑을 받는 강사가 되었고, 수십억의 매출을 일군 기업의 대표가 되었다. 작은 씨앗은 뿌리를 내리고, 줄기를 뻗으며, 꽃으로 활짝 피어났다. 심지어는 꽃에서 씨가 떨어져서 다른 꽃들을 피워내는 변화와 성장까지 이루기도 했다. 나의 때가 오리라는 것을 굳게 믿고 나아간 덕이었다. 나는 꽃이 될 운명이니, 스스로를 포기하지만 않으면 된다고.

이 과정에서 깨달은 건 이뿐만이 아니었다. 지나고 나서 보니, 계획대로 되지 않았던 시간도, 목표대로 살아지지 않았던 날들도 저마다 의미가 있었다. 모든 날, 모든 순간이 내가 꽃을 피우는 데 양분이 되어 주었다. 후회할 행동을 하다가 정말 후회하게 됐을 때 그때를 기점으로 변화를 결심하게 됐고, 정말 성실하게 했는데도 원치 않는 결과를 맞이했을 때는 겸손함을 배웠으니까. 사람은 모든 경험을 통해서 이전보다 더 멋지게 살아갈 가능성이 넘치는 존재였다.

혹시 예전의 나와 같이 자신의 가능성을 의심하고 있다면, 꽃으로 예쁘게 피어날 당신에게 전하고 싶다.

당신이 살아온 그 어떤 날도 틀리지 않았으며,
반드시 활짝 피어날 거라고.
지금껏 걸어온 길이 앞날을 꽃길로 만들어 줄 거라고.

걱정과 조바심들에 삼켜지지 말고, 살아온 순간마다 의미가 있음을 기억하며, 그 모든 노력 끝에 당신의 삶이 피어나리라는 것을 결코 의심하지 않기를 바란다. 그리고, 그때가 자신에게 가장 좋은 때임을 믿기를. 가장 아름다운 꽃은 가장 좋은 때에 피어나는 법이니까.

끝내 당신의 꽃이 피어나는 순간, 오래 기다린 만큼 더 큰 기쁨이 찾아올 것이다. 가장 아름다운 때, 가장 아름답게 피어날 당신을 응원한다.

모든 꽃은

가장 아름다운 때,

가장 아름답게 피어납니다.

지금 어디에 있든, 무엇을 하든

당신은 활짝 피어날 존재임을

잊지 마세요.

차례

흔들리지 않고 피는 꽃은 없습니다

2장

누구에게나 피어날 자리가 있습니다

3장

가장 아름다울 때 아름답게 피어납니다

4장

우리는 활짝 피어날 겁니다

1장

흔들리지 않고 피는 꽃은 없습니다

사람은 스스로 길이다

더 나은 미래를 꿈꾸지 않는 사람이 있을까? 어제보다 오늘, 오늘보다 내일이 더 나으면 좋겠다는 건 우리 모두의 바람이다. 그런데 도대체 무엇부터 해야 할지 결정하기 어려울 때가 있다. 그럴 때 우리는 어떻게 하는가?

누군가는 책을 읽고, 누군가는 강연을 찾아다닌다. 또 누군가는 역술가를 찾아가서 무엇에 집중해야 하는지 묻기도 한다. 이 행동들의 근원에는 실패하고 싶지 않은 마음, 가능한 한 시간과 돈을 낭비하지 않고 더 좋은 삶을 이뤄내고 싶은 마음이 있다. 그런데 이 모든 행동에는 또 하나의 공통점이 있다. 스스로가 아닌 '타자'에게 정답을 구한다는 것이다.

　나도 마찬가지였다. 외부의 기준, 사회에서 주장하는 목소리에 물음표를 던지지 않고 그대로 따랐다. 학교를 졸업하면 좋은 직장에 취직해야 한다는 말에 소위 좋은 직장에 취직했고, 사회생활을 하면서 들고 다닐 명품 하나쯤은 꼭 필요하다는 선배들의 조언에 돈을 모아 그럴듯해 보이는 명품 가방을 샀다.

　좋은 회사에 취직하기도, 값비싼 명품 가방을 사기 위해 돈을 모으는 일도, 쉽지 않았지만 다들 정답이라고 하기에 꾸역꾸역 했다. 노력해서 힘들게 이뤄낸 만큼 성취감도 크리라 믿으면서. 그런데 그 기쁨과 만족감은 놀라울 정도로 짧았다. 좋은 직장에 어렵게 취직했지만 2년 만에 퇴사하게 되었고, 어렵게 돈을 모아 샀던 명품 가방은 옷장에 박아둔 채 사회생활을 할 때조차 들고 나가지 않은 적이 훨씬 많았다.

반대로, 누가 시키거나 정답이라고 알려주지 않았지만 나의 내면에서 우러나와 시동을 건 일들이 있다. '블로그에 글을 적으며 사람들과 소통한 일', '사람들에게 어떤 영향을 줄 수 있을지 고민하며 커뮤니티를 운영하고 키운 일'이다.

자발적으로 내면의 목소리에 귀를 기울이며 시작한 이 일들은 놀랍게도 내게 큰 기쁨과 보람을 줬고, 만족감을 느끼게 했다. 그뿐만 아니라 시간이 지날수록 무럭무럭 성장했고, 심지어 10년이 다 된 지금까지도 계속 성장 중이다. 미래에도 변함없으리라는 확신마저 든다.

'목표를 세우고 성취했다'는 점에서는 같은 행동이었는데 왜 만족감과 지속성이 크게 달라졌을까? 나는 그 원인을 심리학에서 찾을 수 있었다.

심리학에는 '동기 이론'이라는 것이 있다. 인간이 어떤 활동을 할 때 높은 만족감을 얻고 그 행동을 지속하기 위해서는 '외재적 동기'보다 '내재적 동기'가 필요하다는 이론이다.

외재적 동기는 돈이나 물질 혹은 타인의 칭찬과 같이 바깥에서 오는 동기다. 반대로, 내재적 동기는 흥미나 호기심, 자발적 바람과 같이 자신의 내면 안에서 우러나오는 동기다. 즉, 동기 이론은 우리가 무슨 일을 하든 그 동기가 돈이나 타인의 인정 같은 '외부'에서 주어지는 것에만 초점이 맞춰져 있고 '내부'에서는 오지 않는다면, 만족감과 지속성이 현저하게 떨어질 수 있음을 설명한다.

남들은 정답이 아니라고 하고, 왜 그런 선택을 하는지 의아하다고 했던 일들이 내게는 더 만족스럽고 지속 가능했던 이유가 바로 여기에 있었다.

이 깨달음 이후에, 더 나은 미래를 만들고 싶다는 생각이 들 때마다 가장 먼저 하는 행동이 바뀌었다. 전에는 끊임없이 외부를 두드리며, 무엇부터 해야 하는지 묻고, 조언을 들으면 필터 없이 '일단 실행부터!' 하고 직진했다면 이제는 조언을 들더라도 스스로에게 먼저 묻는다.

'정말 내가 원하는 것이 이 일이 맞나?'

'이 일이 나의 꿈과 연결되어 있나?'

'내게 중요한 가치를 훼손하는 행동은 아닌가?'

'왜 나는 이 노력을 기울이려 하나?'

이 질문들에 대한 답을 스스로 먼저 내려 본 후, 신중하게 해야 할 것과 하지 말아야 할 것을 결정한다. 그런 다음, 행동으로 옮긴다. 그렇게 내적 동기를 확인한 뒤에 움직이니 삶이 크게 변했다. 시작한 일을 지속하는 힘이 과거와 비교할 수 없을 정도로 커졌고, 하던 일을 멈추더라도 이 또한 자발적인 결정이기에 스스로를 비난하지 않게 됐다. 외부의 기준에 의해 끌려다니지 않고 삶을 주체적이고 능동적으로 끌고 나간다는 확신에서 오는 만족감도 매우 높아졌다.

우리가 삶의 방향키를 자꾸만 남에게 맡기려고 하고, 타인이 내려주는 결정과 지시를 기대하는 건 어쩌면 너무 자연스럽고 당연하다. 어린 시절부터 그렇게 커 왔기 때문이다. 부모님과 선생님은 어린아이인 우리에게 무엇부터 해야 할지 하나하나 결정해 줬고, 어른들의 지시를 잘 따를수록 우리는 착하고 말 잘 듣는 바람직한 아이라는 칭찬을 받으며 성장했다. 그렇게 어른이 된 우리이기에, 늘 해 온 대로 외부의 목소리를 듣고 그에 따라 행동하는 것이 편안하고 안전하다고 생각하게 되었는지도 모른다. 심지어 '지금 해야 할 일을 어렸을 때처럼 누군가가 결정해 줬으면 좋겠다'며 그때를 그리워하기도 한다.

그러나 아이 시절은 끝났다. 타인의 조언을 그저 따라가는 길은 우리의 성장을 보장해 주지 않는다. 언제까지나 타인이 내려주는 조언과 지시를 그저 목 빼고 기다릴 수도 없는 노릇이다. **시키는 것을 잘하는 삶에서, 자발적이고 능동적으로 선택하는 삶으로 변해야만 한다.** 그렇게 선택의 기준을 옮겨야 우리가 원하는 성장을 오래도록 지속할 수 있다.

그러니 당신이 만약 '무엇부터 해야 할까?', '어떤 노력을 기울여야 삶이 점점 더 나아질까?'를 고민하고 있다면, **다른 무엇보다도 '나 자신과 만나는 노력, 나 자신과 친해지는 노**

력'을 우선순위에 두도록 하자.

  이 책을 읽을 때도, 다른 책을 읽을 때도 수동적으로 책을 읽지 말자. 나의 생각을 정리할 수 있도록 도와주는 책이라고 기대하며 능동적으로 읽어 보자. 스스로의 이야기에 빗대어 생각하고, 적용할 부분을 찾으며 생각을 발전시킬 때, 훨씬 더 많이 깨달을 수 있고 더 크게 성장할 수 있다. 강연을 들을 때나 남의 이야기를 들을 때도 마찬가지다. 세상에는 정답이 없고 각자의 정답만이 존재하기에, 우리는 우리만의 정답을 만들어 가야 한다.

Blooming

내면에 귀 기울이겠다고
마음만 먹어도 많은 게 바뀐다

✎ 나는 어떨 때 행복한가?

_____

_____

✎ 나는 언제 불행하다고 느끼는가?

_____

_____

✎ 나는 어떨 때 '나답다'고 느끼는가?

_____

_____

✎ 어떨 때 나답지 못하다고 느끼는가?

_____

_____

삶의 모든 페이지에서 기뻐하는 법

사랑하는 사람의 배신, 존경하는 멘토의 갑작스러운 죽음, 사업하면서 만난 예상치 못했던 어려움, 기대했던 투자의 처참한 실패, 긴 시간 준비했던 시험에서의 낙방, 예상치 못한 찰나에 입은 큰 부상…. 내가 삶에서 고난이 찾아왔다고 느낀 순간들이다.

'왜 이런 어려움이 나에게 찾아왔지. 이번엔 너무 힘들다. 절망적이야. 과연 내가 헤쳐 나갈 수 있을까?' 하며 좌절했다. 그때, 나를 일으켜 준 이야기가 있다.

힘든 시기를 보내고 있던 한 청년이 노인에게 삶의 지혜를 구했다.

그러자 노인은 청년에게 양동이 3개를 준비한 뒤 물을 넣고 끓이라고 시켰다.

물이 끓기 시작하자 노인은 청년에게 한 양동이에는 당근을, 다른 양동이에는 달걀을, 마지막 양동이에는 찻잎을 넣으라고 했다.

시간이 흐른 뒤, 노인은 청년에게 말했다.

"물이 끓는 시간은 곧 삶에서 겪는 고난의 순간들이라네. 세 가지 대상에게 고난이 주어졌더니, 어떤 결과가 펼쳐졌는지 보게나."

물이 끓을수록 당근은 부드러워졌다. 달걀은 속이 단단해졌다. 찻잎은 물 전체를 향기로운 차로 바꾸어 놓았다.

내가 수많은 고난을 헤쳐가며 발견한 인생의 진리는, 노인이 청년에게 준 교훈과 같았다. 익을수록 당근이 부드러워지고, 달걀이 단단해지고, 찻물이 향긋해지듯이, 고난은 사실 축복이라는 것.

행복은, 고난이 위장된 '축복의 통로'라는 사실을 깨달았을 때 찾아왔다.

우리는 고난을 마주하면 필연적으로 경직되고 고집스러운 자신의 내면을 만나게 된다. 기존의 사고로는 고난을 이겨낼 수 없기에 딱딱한 사고를 부지런히 깎아내고 녹여내야만 한다. 이 과정에서 사고는 유연해지고 타인에게 세우던 날카로운 날들은 무뎌지게 된다. 자신의 한계를 마주하게 되며 겸손해지기 때문이다.

스스로 아픔을 겪은 만큼 타인의 아픔에 공감할 수 있는 능력이 생기며 고난 속에서 타인을 더 넓게, 더 깊이 이해하게 된다. 내면이 유연해지고 부드러워질 뿐만 아니라, 체감할 수 있을 정도로 단단해지기도 한다. 마음에도 근육이 있어 쓰면 쓸수록 강해지는 까닭이다. 그 덕에, 다시 고난이 오더라도 훨씬 쉽게 극복할 수 있게 된다. 그렇게 우리는 성숙해지고 단단해진다. 한층 더 성장한 것이다. 모두 고난이 없었다면 불가능했을 일이다.

살다 보면 고난은 누구에게나 찾아온다. 스스로가 잘못했다고 느끼는 일이 없어도 마찬가지다. 죄를 지은 적 없는 착한 사람들에게도 고난의 역사는 펼쳐져 왔고, 펼쳐지고 있고, 펼쳐질 것이다. 세상에는 이성적으로나 합리적으로 이해되는 사건들만 일어나는 건 아니다.

고난은 피할 수 없기에 우리의 선택지는 두 가지다. 하나는 고난을 그저 힘든 시련으로 여기고 한탄하는 것. 다른 하나는 축복임을 알고 낙담하지 않고 기대하고 기뻐하는 것.

우리가 늘 후자를 선택할 수 있기를 바란다. 삶의 어느 페이지에서나 기뻐하기를. 고난이 깊을수록 축복도 깊으리라는 것을 기억하며, 일상의 소소한 것들에 더 감사하고 감사하기를.

당시에는 힘들어도, 지나고 나면 덕분에 성장했고 삶의 의미를 재발견했다고, 실은 고난이 아닌 축복이었다고 이내 고백하게 될 것이니 말이다. 지금 당신의 당근과 달걀, 찻잎은 무엇인가? 물이 끓고 있다면 그것들은 곧, 당신에게 축복으로 돌아올 것이다.

Blooming

삶의 어느 페이지에서나 기뻐하는 법
(feat. 고난 대처법)

① 침착할 것

세상이 흔들린 게 아니라 멘탈이 흔들린 것이다. 불행이
잠시 스쳤을 뿐, 그 사건은 당신의 삶을 흔들 수 없다.

② 왜가 아닌 '어떻게'를 물을 것

이유를 찾으면 끝도 없다. 그저 방법만 묻자.

③ 하나에만 집중할 것

긴급한 문제 하나에만 집중한다. 여러 문제를 한꺼번에
다루면 눈덩이 같은 고난이 눈사태로 느껴지는 법이다.

④ 고난은 축복의 통로임을 기억할 것

고난을 통해 우리는 반드시 성장한다. 몰랐던 능력을 찾
을 수도 있고 더욱 강인해질 수도 있다.

당신의 노력은 값지고 귀하다

주변의 많은 사람들에게 물었다. 성공을 꿈꾸며 노력하는 사람들에게도, 이미 자신의 영역에서 크게 성공한 이들에게도 질문했다.

'성공'을 결정짓는 가장 중요한 요인이 무엇이라고 생각하세요?

다양한 답변을 들었다. '재능, 지능, 돈, 인간관계, 운, 집안, 건강, 외모….' 왜 그것이 가장 중요하다고 생각하는지에 대한 설명들도 모두 일리가 있었다. 이 책을 읽는 당신에게도 묻고 싶다. 성공을 결정짓는 요인을 하나만 꼽으라면 당신은 무엇이라고 답하겠는가? 왜 그렇게 생각하는가?

20년 넘게 사람들을 두루 관찰하며 이 질문에 대한 답을 체계적으로 연구한 천재 심리학자가 있다. 전 세계에서 매년 서른 명 안팎으로만 주는 맥아더 펠로우상을 받은, 펜실베이니아 대학의 심리학 교수 앤절라 더크워스다. 그녀는 자신의 저서 《그릿(GRIT)》에서, 다양한 영역에서 한계를 뚫고 위인의 경지로 간 성공한 사람들의 중요한 한 가지 특성을 발표했다.

"성공의 비결은 '그릿', 열정과 끈기입니다."

"그릿은 지구력을 가지는 겁니다. 그릿은 앞으로의 미래를 위해 꾸준히 끈기 있게 노력하는 겁니다. 일주일이나 한 달만이 아니라 몇 년간 꾸준히 노력하며 꿈꾸는 미래를 현실로 만들기 위해 열심히 일하는 겁니다. 그릿을 실천하는 삶은 달리기가 아니라 마라톤을 하는 것과 같습니다." 끈기 있게 꾸준히 노력하는 것이, 앞서 많은 사람들이 언급한 지능, 재능, 돈, 인간관계, 외모 등의 조건보다 성공을 더 잘 예측하는 선행변수임을 그녀는 차근차근 설명한다.

그런데 한편, 세상에는 그녀의 말을 반박이라도 하듯 끈기 있게 노력하는 사람들을 좌절시키는 목소리들이 존재한다. '열심히만 해서는 안 돼. 잘해야지', '적게 일하고 많이 버는 효율적인 삶을 살아야지', '일하느라고 늘 바쁘다면 잘못 살고 있는 거야', '똑똑한 사람들을 봐. 그들은 열심히 일하지 않아'.

결과 중심적인 사고를 바탕에 둔 냉소적이고 공격적인 이 목소리들은 노력하고 열심히 사는 태도를 비난한다. 이런 말을 들으면 의지가 꺾일 뿐만 아니라, 열심히 노력하는 자신의 태도를 의심하게 된다. '나만 바보같이 무식하게 노력하며 사는 것 같아서 비참하다'며 무기력해지기도 한다.

도대체 누구 말이 맞는 걸까? 정말 노력하며 열심히 사는 것은, 똑똑하지 않은 것이며 잘못 살고 있는 걸까? 주어진 것, 타고난 것이 중요하기에 노력은 가치가 없을까? 효율적으로 일할 수 없다면 노력할 필요도 없을까? 나는 이 상반되는 주장들을 꼼꼼하게 살펴보았다. 그리고 그 과정에서 내린 나의 결론은 다음과 같다.

'지금 우리가 하는 노력은 그 자체로 값지고 귀하다.
노력의 가치를 결코 폄하하지 말자.'

만일 적게 일하고 많이 버는 삶을 이상적으로 여긴다고 해도 그 상태로 가기 위해서는 치열한 노력이 필요하다. 그 상태는 결코 노력 없이 이룬 상태가 아니라는 것이다. 적게 일하고 많이 버는 사람들, 똑똑하고 여유 있어 보이는 사람의 일 처리 수준을 살펴보자. 어수룩한 수준, 들쭉날쭉한 퀄리티의 아웃풋을 만드는 누군가를 떠올릴 수 있는가? 어려울 것이다. 높은 보상을 사회로부터 받는 사람들은 일정하게 높은 퀄리티의 아웃풋을 만들어 낸다. 아주 능숙하게, 반복적으로 말이다. 탁월함의 경지에 오른 것이다.

탁월함을 갖기 위한 필수 불가결한 준비물은 '끈기와 인내, 열정적인 노력'이다. 절대적인 노력과 시간이 임계점을 넘기면 탁월함의 수준이 올라가며 그 가치 또한 오른다. 그만두고 싶고 고통스럽다고 느끼는 순간이 이따금 찾아오지만, 탁월해지기 위해서는 그 고비를 통과하는 과정이 중요한 초석이자 귀한 발걸음임을 그들은 안다.

그렇게 성취를 통한 기쁨을 경험하게 되면, 그 기쁨을 또 느끼고 싶은 마음에 열정이 생긴다. 그래서 다음 경지의 탁월함을 향해 또 나아가게 된다. 전문가에서 '전문가의 전문가'가 되어가는 것이다. 앤절라 더크워스의 말처럼 "천재는 노력하지 않고도 목표를 달성하는 사람이 아니라 노력의 고통을 이겨낼 수 있는 사람"이다.

재능이 주어지지 않았다고 해도, 가진 것이 별로 없더라도, 그것은 시작점일 뿐이지 당신의 결승점을 결정할 수 없다. 노력의 가치를 평가 절하하는 공격적인 주장에는 한순간도 흔들릴 필요가 없다는 것이다.

당신의 노력은 값지고 귀하다. 성공을 결정하는 가장 중요한 요소는 열정과 끈기인 그럿이지, 다른 여타의 것들이 아니기에.

포기하지 않는 한,
항상 더 좋은 결과가 온다

* 어떤 상황에서도 끈기와 인내를 잃지 않는다면, 마침내 승리의 꽃을 맺을 것이다.

* 성공의 문은 끈기와 열정을 가진 자에게만 열린다. 그 문이 활짝 열려 있어도 끈기와 열정이 없으면 그 안으로 들어가지 못한다.

* 끈기는 타고난 선물이 아니다. 오히려 끊임없이 자신을 극복하며 발전시키는 과정에서 키워나가는 덕목이다.

* 성공적인 인생은 하나하나의 끊임없는 노력으로 쌓아 올리는 벽돌들로 이루어진다.

인생에서는 기세가 전부다

"제가 무엇을 잘하는지 모르겠어요. 요즘은 어떤 걸 해도 자신이 없어요. 번아웃일까요? 무기력하다고 느껴질 때가 많아요."

상담하면서 자주 듣는 말이다. 자신에게 특별한 강점이나 재능이 있다고 느껴지지 않고, 무엇을 해도 자신감이 떨어져 잘 움직이지 않게 된다고. 그러한 무기력함이 너무 힘들다는 사람들. 그럴 때 나는 묻는다.

"최근에 어떨 때 가장 즐거우셨어요?"

한 수강생분은 이렇게 대답하셨다.

"글쎄요···. 아이들에게 밥 먹일 때, 아이들이 행복하게 먹는 모습을 볼 때요?"

나는 그분에게 요리를 직접 해서 먹이시냐고 물었다. '그렇다'는 대답이 돌아왔고, 나는 요리를 잘하실 것 같다는 말을 건넸다. 그러자 그분은 빙그레 웃으며 말씀하셨다.

"네, 요리는 잘한다는 말은 좀 들어요."

사람들에게 즐거운 순간을 물으면 많은 경우, 사랑하는 이들과 함께한 시간을 이야기한다. 그러면서 **본인이 그때 즐겁게 기여한 것을 말한다. 대개, 그 안에 자신이 잘하는 것들이 담겨 있다.**

"조금 전에는 딱히 잘하는 게 없다고 하셨는데 요리를 잘하시네요. 벌써 잘하시는 일 한 가지를 찾았어요"라고 말씀드리자, 수강생분은 수줍어하시며 말씀하셨다.

"그렇네요. 그런데 요리는 누구나 다 하는 거 아닌가요···."

우리는 기억을 되짚어 자신이 잘하는 것을 찾아내도 모두가 할 줄 아는 것이라며 이내 자신의 능력을 깎아내린다. 그렇게, 발견한 자신만의 장점을 하찮게 여기며 없는 셈 치고는 루저 프레임에 갇혀 다시 무기력에 빠지고 만다. '나는 잘하는 게 하나도 없어'라고 생각하면서. 자신감이 떨어지고 무기력에 빠지는 원인은 바로, 이 '잘하는 것이 딱히 없다'고 느끼는 느낌, 자신의 해석에서 온다.

연세대학교 심리학과의 이동귀 교수는 낮은 **자신감과 무력감은 '완벽주의'에서 온다**고 말한다. 사회가 요구하는 완벽한 기준에 도달하지 못하는 자신을 인정하지 못해서 벌어지는 현상이라는 것이다. 완벽주의를 가진 사람들은 '잘한다'고 인정하는 기준이 지나치게 높은 경향이 있다. 외모를 예로 들면, 자신이 연예인만큼 예쁘거나 잘생긴 외모가 아닌 이상 '괜찮다'고 여기지 않는다. 학벌의 경우 상위 1% 학력이 아니면, 부의 경우에는 금융 자산 기준 100억 이상을 소유하고 있지 않으면 '괜찮지 않다'고 평가하는 등, 일반적인 사람들보다 잘하거나 괜찮은 상태의 기준이 현격히 높다.

자신의 높은 기준 때문에 완벽주의자들은 결국 스스로에게 엄격하고 박한 평가를 내린다.

'내가 잘한다고 인정 못 하겠어.'

더 나아가 '나는 실패자야', '나는 부족해', '나는 어느 하나도 뛰어난 것이 없어' 하며 자기 비하와 자기혐오에 빠지기도 하고, 더욱 심해지면 우울증이나 공황 장애 등 치료가 필요한 정신 질환으로까지 번지기도 한다.

어떻게 하면 '나는 잘하는 것이 없어. 무기력하고 우울하다'라는 완벽주의의 악순환에서 '와, 나 정말 잘하는 게 이렇게 많았구나. 내 인생 너무 기대된다! 움직이지 않을 수가 없네?' 하는 낙관적인 생각의 선순환으로 옮겨갈 수 있을까?

먼저, **생각의 프레임을 바꿔야 한다.** 본인 기준에서 100점 만점에 70점 정도라고 생각한 일들, 그래서 잘한다고 인정하지 않은 일들을 재평가해 보는 것이다. 예를 들어, 내 마음속 70점은 사실 다른 사람에게는 '아주 잘하는 100점 수준'인 것이고, 내 마음속 50점은 다른 사람에게는 '꽤 잘하는 80

점 수준'이라고 프레임을 바꿔보는 것이다.

'누구나 다 하는 요리, 가족들에게 맛있다는 소리 좀 듣는 다고 잘한다고 볼 수 있나요? 적어도 레스토랑을 차리고, 자격을 갖춘 주방장 정도 되어야 요리를 잘하는 거죠'라고 생각했다면, 이 엄격한 평가 기준을 바꿔보자. 가족이나 소중한 사람들에게 맛있다는 소리를 듣는다면 이미 나의 요리 점수는 100점인 것이다. '제가 공부를 잘한다고 할 수 있나요? 적어도 대한민국 최상위권 대학의 졸업장이 있어야 공부를 잘하는 거죠'라는 기준을 가지고 있었다면, 역시 그 기준부터 바꿔보자. 내가 공부하고 싶은 것들을 찾아서 공부하고, 이해하고, 응용하며 나아갈 수 있다면 그 자체만으로 스스로에게 100점을 부여하는 것이다.

생각의 프레임만 바꿔도 자신이 할 수 있는 것들이 보이고, 잘하는 것들이 보이기 시작한다. 지금껏 살아오면서 이미 잘하는 것들이 충분히 많이 생겼다는 사실을 의심해서는 안 된다. 너그러운 기준을 갖고 지금껏 내가 얻은 소중한 재료들을 한번 살펴보자. 그 목록을 보고 깜짝 놀랄지도 모른다.

지금 떠오른 것 중에 '더 잘하고 싶은데?' 하는 것들이 있는가? 루저 프레임과 무기력에서 벗어나는 효과적인 방법은 **이미 잘하는 것들을 더 잘해 보겠다고 마음먹는 것이다.**

어렵고 재능이 없다고 느끼는 것을 해야 한다고 생각하면, 마음이 무겁고 일이 어렵게 느껴진다. 당연히 결과가 좋지 않을 가능성이 크다. 반대로, 내가 이미 제법 잘하는 것을 더 잘하고 싶을 때는 마음이 즐겁고 그 일이 쉽게 느껴진다. 쉽게 느껴지는 만큼 기량을 더욱 잘 발휘하게 되고 결과 또한 좋아진다. 그렇게 110점, 120점, 130점 등 '완전히 잘하는 수준'으로 올라가게 되면, 이미 나의 강점이던 것들은 강점을 뛰어넘어 인생에서 유용한 '나만의 특별한 무기'가 되어 준다.

빨간 안경을 쓰고 세상을 보면 푸른 하늘도 빨갛게 보인다. 마찬가지로 자신에게 '무능력자'라는 루저 프레임을 씌우고 바라보면 무엇을 하든 스스로가 루저라고 느껴진다.

프레임을 갈아 끼우자. 자신의 강점인 부분을 찾고, 인정하자. 이미 잘하는 것을 좀 더 잘하기로 하자. 루저 프레임이 위너 프레임으로 바뀔 때, 어떤 일을 해도 자신감 있게 도전하게 되고 결과 또한 좋아질 것이다. 싸움에서 기세가 중요하듯, 인생에서도 기세가 전부다.

완벽해야 한다는 강박에서
자유로워지는 방법

① 높은 기준 때문에 70점 정도만 줬던 것들 적어보기

② 위에 적은 것들을 '잘한다! 100점이다'라고 재평가하기

③ 더 잘하고 싶은 마음이 들면 130점을 향해 보너스 점수를
　획득하는 자신을 상상하기

④ 지금 그린 긍정적인 미래를 열어 갈 나를 스스로 믿어주겠
　다고 약속하고 격려하기

　"지금까지 잘해 왔어. 앞으로도 잘될 수밖에 없어!"

그대가 세상의 중심이 될 것

사람은 누구나 어우러져 살아간다. 작은 단위로는 가족, 좀 더 큰 단위로는 직장, 그리고 더 큰 단위로는 사회. 혼자 사는 세상이 아니기에 주변 사람들과 함께 이야기를 나누며 상대의 기대와 바람에 귀 기울이게 된다. 그리고 그 욕구들을 잘 충족시켜 주는 것이 바람직한 삶이라고 배우며 큰다.

그중, 자신을 둘러싼 사람들의 기대와 바람에 귀 기울이는 것을 넘어 자신을 희생하며 헌신적인 마음으로 타인을 먼저 생각하고 타인을 위해 노력하며 살아가는 사람들이 있다. 착한 사람들이다.

그들이 행복하면 참 좋을 텐데 대화를 나누어 보면 마음이 힘들고 허무하고 허탈한 경우들이 있다. 더 나아가, 참 많이 위했다고 생각하던 상대방이 배신이라도 하거나 고맙지 않다는 태도를 보여 마음의 상처를 크게 입는 경우도 종종 본다.

그럼에도 불구하고, 자신의 이익을 구하기보다는 타인을 위한 선택을 하고, 기회가 될 때마다 타인을 사랑하고 위하고, 어떤 결과가 나오더라도 허무해하거나 허탈해하지 않고 배신감을 토로하지도 않으면서 살아가는 사람이 있다. 바로 나의 어머니다.

어머니께서는 참 헌신적인 삶을 사셨다. 결혼하고 아이를 낳으면서 시부모님을 모시고 살기 시작해 20년이 넘도록 모시고 살았다. 시부모님이 돌아가신 뒤에는 친정어머니도 10년 가까이 모셨다. 게다가 새벽 5시에 출근하고 늦은 밤이 되어야 끝나는 직장생활을 정년퇴직하실 때까지 하셨다. 보수는 적고 할 일은 지나치게 많았던 환경에도 불구하고 어머니는 삶이 힘들다고 아버지와 다투거나 본인의 환경을 원망한 적이 단 한 번도 없으셨다.

주머니 사정이 빠듯하더라도 도움이 필요한 사람이 보이면 물심양면으로 도우셨다. 정성스럽게 요리해서 먹이거나, 영양제나 약을 사서 보내며 건강이 좋아질 때까지 직접 돌보셨다. 참 감사하게도 지금까지도, 나의 아이를 사랑으로 돌봐주시며, 음식을 직접 해 먹이시고, 병원을 데리고 다녀주시고, 몸이 피곤하시더라도 가족을 먼저 챙기는 사랑을 보여주시며 헌신적인 삶을 살고 계신다.

과연 어머니의 인생에서 배신감을 느낄 만한 사건이 없었을까? 인간관계의 갈등이나 세상의 시련이라고 할 만한 요소들이 없었을까?

당연히 있었다. 그런 모습을 수도 없이 보아 왔고, 고생도 참 많이 하셨다. 그렇지만 어머니의 타인 중심적인 사고와 행동 그리고 배려와 헌신은 평생 변함이 없었고, 삶에 대한 감사와 만족은 갈수록 커져만 갔다. 나는 그 비결이 궁금해 옆에서 어머니를 세심하게 관찰해 보았다.

어머니께서 항상 하시던 말이 그제야 눈에 들어왔다.

"모든 일은 내가 결정해서 한 일이다."

시부모님을 모시기로 했을 때도, 친정어머니를 모시기로 했을 때도, 직장에서 중요한 프로젝트를 맡게 되었을 때도, 누군가에게 재정적으로 도움을 주어야 했을 때도. 설사 그것이 자신의 이익으로 전혀 돌아오지 않을지라도 어머니의 반응과 생각은 늘 한결같았다.

어머니는 자신이 생각하는 삶의 가치에 따라 선택하셨고, 그렇게 살아가는 것이 본인에게 가장 큰 이익이자 복이 된다고 믿으셨다. 어려움이 닥치더라도 그 또한 미래에 유익하고 복되리라는 것을 전혀 의심치 않으셨다. 시간이 지나면, 그 해석대로 어머니의 삶이 신비롭게 풀려나가는 것을 무수히

보았다.

'이 모든 것은 내가 한 선택이다'라는 생각의 장점은 심리학적으로도 참 많다. 자기 인생을 스스로 주도한다는 **주체성과 자율성은 깊은 행복감과 만족감의 원천이 된다.** 또, 스스로 선택한 일이기에 책임감을 느끼게 되고 높은 동기부여와 열정을 가지게 된다. 이에 따라 성취감이 올라가니 자기효능감과 자부심이 생긴다. 그렇게 밝은 에너지를 갖게 되면 성장하고 발전할 기회들이 끝없이 찾아온다.

자기 결정권에 확신이 있으니 찾아오는 좋은 기회 앞에서 긍정적인 선택을 하게 된다. 타인을 배려하고 위해 주니 일에 대한 평가와 삶에 대한 주변의 평판도 좋을 수밖에 없다. 그런 이에게 감사하는 사람들이 주변에 점점 더 많아지고, 그에 따라 웃을 일이 많아지고 행복해지니, 그 모든 일이 선순환으로 이어진다.

반대로 해석했으면 어떻게 될까?

'시부모님을 모시게 된 건, 갑자기 시부모님을 모시지 않겠다고 나에게 등 떠민 형제 때문이고, 더 나아가서는 그걸 거절하지 못한 남편 때문이다', '아이들 키우는 것만으로도 힘들어 죽겠는데, 직장생활까지 이렇게 고단하게 해야 하는 이유는 전부 이 무리한 상황을 그때 막지 못했기 때문이다'라며 모든 고생을 타인의 강요 때문이라고 돌리게 됐을 것이다. 자신만 지나치게 희생하고 있다는 생각에 불만과 화는 점점 더 커질 것이고, 그러한 부정적인 감정은 자아존중감을 깎아먹고 자부심을 느끼지 못하게 만들었을 것이다. 내 뜻대로 되는 게 하나도 없다고 느끼는 무력감은 큰 우울감으로 번지게 될 수도 있다. 불행이 악순환되어 돌아오는 것이다.

가정에서든 직장에서든 사회에서든 **어떠한 일이 주어지더라도 그것을 '나의 선택'이라고 이름표 붙이고 행동하는 일은 이토록 중요하다.** 이에 따라 연쇄적으로 일어나는 삶의 해석과 그에 의한 감정의 파장이 매우 달라지기 때문이다.

우리는 주어진 상황들에 '누가 시켜서 한 일이 아니라, 내가 선택한 일'이라는 인식을 갖고 행동해야 한다. 그러기 위해서는 먼저, **선택 과정에서 타인의 영향을 최소화해야 한다.** 등 떠밀려서 마지못해 선택한 게 아니라 스스로의 선택이었음을 인지하여, 타인의 영향을 최대한 적게 만드는 것이다.

공부를 열심히 해 왔다면, '남'들 다 하니까, '부모님'이 원하는 직업을 갖기 위해서 했다는 이유가 아닌, '내'가 더 성장하고, 더 많은 경제적 이익을 얻고, 더 좋은 직업의 기회를 얻기 위해 공부를 했다고 여기는 것이다. 이유를 찾을 때 타인이 아니라 자신에게 방점을 두는 것이다.

둘째, **자신의 선택에 '주관적' 의미를 부여한다.** 내 선택이 내가 원하는 삶을 실현시키는 일부분이라고 인식하게 되면, 그 선택은 자발성을 띠고 더욱 의미 있는 일이 된다.

만약 취직해서 직장에 다닌다면, '일이라는 건 사회생활을 배우기 위한 것이며, 혼자는 해 볼 수 없는 성취와 성공을 경험하고, 그 방법을 체득하는 귀한 경험이자, 나의 삶을 위해 꼭 필요한 사건이다'라고 여기거나 '내 삶의 목표'인 더 많은 사람을 행복하게 만드는 기술이나 서비스를 개발하려고 등의 이유를 선택하는 것이다. 자신의 선택에 개인적 이유가 있는 사람은, 직장에서의 마음가짐과 퍼포먼스가 확연히 다르다.

마지막은 **후회하지 않는 자세와 태도를 갖는 것이다.** 어떤 선택을 하더라도, 현재에 집중하고 그 일에 최선을 다하며 긍정적인 태도와 열정을 유지하려고 노력해 보자. 아무리 긍정적인 마음으로 임하더라도 어려움이 닥쳐오면 처음의 열정은 온데간데없이 사라지고 힘들기 마련이다. 그럴 때면 자신의 선택에 후회가 밀려오곤 한다.

그러나 후회는 자신의 책임을 과거의 자신에게 지우는 일이다. 힘든 순간에도 여전히 초심을 기억하며 내가 자부심을 느낄 수 있는 결과를 반드시 만들어 보겠다고 다짐하자. 꺾이지 않고 스스로 끈기 있게 해낸 과정과 결과들은 삶의 어떤 순간에서도 은은하게 빛나는 자신만의 자부심으로 엮이고 모이게 될 것이다.

'타인 중심'으로, '상대방을 위해서' 열심히 해 보겠다고 선택했다가 자꾸 허무해지고 마음에 상처 입는 경험을 해 오지 않았는가? 스스로 선택한 일과 남이 시켜서 한 일에 대한 태도와 결과는 양적으로도 질적으로도 달라진다. 그러니 위의 세 가지 방법을 꼭 사용해 보길 바란다.

더 멀리 보려면 더 높이 올라가라

세계적인 심리학자인 미하이 칙센트미하이가 세상에서 가장 창의적인 사람 91명을 인터뷰했다. 그 결과, 당대 최고 석학과 기업가, 예술가들의 공통점을 발견했다.

'멘토가 있다는 것.'

그들에게는 모두, 인생의 지침으로 삼을 만한 훌륭한 멘토가 한 명씩은 있었다. 전설적인 미국의 교육심리학자 벤저민 블룸 역시, 세계 정상에 오른 운동선수, 과학자, 예술가들을 연구하고 나서 하나의 일관된 결론을 내렸다. '모든 훌륭한 위인에게는 예외 없이 스승이 되어준 대가가 곁에 있었다'는 것이었다.

멘토는 한 분야에서 이미 앞서간 사람이다. 그 길에서 각별한 성공을 이뤄낸 그들은 경험만 많은 게 아니라 시행착오를 통해 얻은 특별한 노하우가 있다. 그 길을 가기 위해 꼭 해야 할 일이나 절대 하지 말아야 할 일, 최적의 일 순서 등 효과적이고 효율적인 체계가 정립되어 있는 것이다.

그런 그들은 멘티의 시야를 넓혀주어 객관적으로 사안을 바라보도록 도와준다. 무엇이 더 중요하고 우선되어야 하는지를 일러주어 시간과 비용을 낭비하지 않도록 돕는다. 또한, 멘토들은 과정에서 만나는 심리적 허들을 이미 경험했기에 허들이 등장했을 때 거뜬히 뛰어넘을 지혜를 알려준다. 과정을 '배움'으로 여기도록 도와주고 스트레스를 '문제 해결 과정'으로 보게 해 준다. 그렇게 멘티들이 다시금 마음을 무장하고 최선을 다하도록 격려해 준다.

그렇다면 인생의 길잡이인 멘토를 어디에서 찾을 수 있고 어떻게 해야 만날 수 있을까?

나에게도 지난 인생 동안 멘토 역할을 해 주신 인생의 스승님, 은사님들이 계신다. 내가 그들을 찾고 만나기 위해 사용한 방법들을 소개한다.

첫째, 책에서 만나라

내가 이 책에서 참조한 모든 책이 삶의 스승님이자 은사님이다. 내가 책을 가까이하고 사랑하는 이유다. 한 시간에 1억을 준다고 해도 만날 수 없는 세계적인 위인들. 서점에 가거나 인터넷에 검색만 해도 그들이 독자들을 위해 친절하게 적은 양질의 글들을 쉽게 찾을 수 있다. 언제 어디서나, 내가 만나고 싶을 때 만나고 싶은 만큼, 반복해서 읽을 수 있다. 비용도 저렴하다. 책 한 권의 가격은 비싸야 2만 원에서 3만 원인데, 그 적은 비용으로 위인의 인생 전체를 탐색하며 몇 번이고 내가 품은 질문에 대한 답을 얻고 지혜를 구할 수 있다.

둘째, 직접 찾아서 만나라

가족은 가족이기에 늘 만나서 대화할 수 있지만, 피가 섞이지 않은 사회에서 만난 분들을 만나 멘토로 모시기 위해서는 엄청난 노력을 기울여야 한다. 멘토는 자신의 영역에서 내공이 엄청나고, 대단한 업적과 성취로 많은 사람에게 존경받는 사람들이다. 그래서 만나달라는 사람은 언제나 많지만 몸은 하나이기에 꼭 필요한 만남만 가지는 매우 바쁘신 분들이다.

그래서 이들을 만나기 위해서는 **절실하되 간결히 표현해야 한다.** 성공한 사람들은 자신이 가진 그 무엇보다 '시간'을 가장 소중하게 여긴다. 그들에게는 누군가의 절실한 사연이 너무나도 많이 도착하기에 그것들을 그저 들어주고 있을 여유가 없다. 그래서 나는 만나고 싶은 멘토가 생기면, 나의 절실함을 '그분 맞춤'으로 표현하기 위해 정성을 들여 가다듬는다.

먼저 그분의 필요를 살핀다. 관련된 모든 정보를 다 탐색하고, 책을 읽고, 영상을 찾아본다. SNS 채널들을 탐독하는 것은 물론이고, 무엇을 좋아하고, 무엇을 싫어하는지 취향까지 섬세하게 살핀다. 그렇게 하다 보면 그분에게 지금 필요한 것이 무엇인지를 미루어 짐작할 수 있게 된다. 그분의 '사랑의 언어(사랑을 주고받는 방식. 말, 행동, 선물, 함께하는 시간 등이 있다)'가 무엇인지도 알게 된다. **그분의 필요와 언어에 나의 절실함을 연결하는 것.** 그것이 첫 단계다.

예를 들어, 내가 늘 "저의 은사님이십니다"라고 공개적으로 표현하는《내 운명은 고객이 결정한다》의 저자 박종윤 선생님은 늘 내 곁에서 조언과 코칭을 아낌없이 해 주신다. 나는 그분과 멘토 멘티 관계를 맺기 위해 위에서 언급한 모든 것을 1년 동안 정성스럽게 해 나갔다. 선생님의 책을 여러 번 읽은 것은 물론이거니와 직접 찾아가 현장 강의를 들었고, 그분의 사랑의 언어가 '책을 읽거나 강의를 들은 것에 대한 감사함을 공개적으로 표현하는 것'임을 알아차리고 난 뒤에는 수도 없이 표현했다. 인터넷에 검색하면 바로 내 글이 뜨도록 전략적으로 글을 썼고, 그분의 주 활동 무대인 페이스

북에도 적극적으로 글을 올렸다. 그전까지 나는 페이스북 활동을 전혀 하지 않는 사람이었다.

셋째, 스스로 정돈되어 있어야 한다

멘토를 탐색하여 그의 필요와 사랑의 언어를 알아차리는 것은 준비 과정에 불과하다. 그렇게 찾아가서 손을 내밀었을 때 멘토가 내 손을 잡고 싶게 만들려면, 스스로가 정돈되어 있어야 한다. 실력 있고 강한 자가 되기 위해 각별한 노력을 하는, 매력적인 사람이어야 한다는 것이다. 스승은 제자가 모든 준비를 마쳤을 때만 나타나는 법이다.

이와 관련된 사례로는, 대학원 지도 교수님과의 일화가 있다. 교수님은 제자를 잘 받지 않으시는 걸로 유명했다. 제자가 되기 위한 유일한 방법은 호랑이 같은 교수님과의 일대일 면접을 통과하는 것이었다. 그래서 나는 일대일 면접을 오랫동안 정성 들여 준비했다. 교수님의 과거 연구부터 최근 연구, 박사 논문을 모두 찾아보며 연구 분야에 대한 모든 히스토리를 파악했다. 그리고 최근에 집중하고 있으신 주제에 맞취 내가 고민하는 주제를 연결한 뒤, 이를 제안서로 만들어 발표를 준비하고 일대일 면접에 들어갔다. 교수님께서는 이렇게까지 하는 학생은 처음이라며 잘 찾아왔다고 반겨 주셨다. 결국 나는 교수님의 제자가 되었고, 정말 즐겁게 공부하며 인생의 지혜를 많이 배울 수 있었다.

멘토는, 실력을 키우기 위해 부단히 노력하며 앞으로도 최선을 다하리라는 것을 진심으로 보여주는 사람을 무척 반가워한다. 보통의 노력이 아니라 진정성 가득한 노력이라는 것을 알게 되면 반가워하기만 하는 게 아니라 앞으로 많은 것을 함께 해 보자고 적극적으로 제안을 하기도 한다. 나도 멘토가 되어보니, 적극적이고 열정적이고 실력을 갖추기 위해 꾸준히 노력하는 사람을 만나는 일은, 멘토인 나에게도 정말 귀하고 반가운 축복의 시간임을 알게 되었다.

자, 인고의 시간 끝에 멘토를 만났다. 그런데 주의해야 할 점이 있다. 만남만 중요한 게 아니라 관계의 지속 또한 중요하다는 것이다. 우리는 **시간이 흐를수록 관계가 깊어지도록**

노력해야 한다.

이는 멘토가 할 일이 아니고 멘티가 할 일이다. 그분들은 나에게 잠시 귀한 시간을 나눠주었지만, 시간이 지나면 다시 바쁜 현장으로 돌아가야 한다. 도움을 요청한 것은 나고, 그분들은 도움을 준 것이다. 그러니 감사함을 다시금 표현해야 하는 것도 나다. 관계를 지속하고 싶다면 그분들의 바쁜 일상에서도 잊히지 않는 존재가 되어야 한다.

현시대를 대표하는 사상가 라이언 홀리데이의 말이 이 상황을 잘 표현한다. **"그림 안에 머물러라. 바쁜 사람들은 금세 나를 잊을 것이다. 그러므로 관련성과 신선함을 유지할 방법을 찾는 것이 중요하다. 피를 계속 돌게 해야 하는 사람은 멘토가 아니라 나다."**

귀찮고 성가신 존재가 되라는 것이 아니다. 그들이 반가워할 만한 배려 깊고 섬세한 사랑의 언어를 반복해서 전하면 된다. 예를 들어, 생신이 되면 축하 메시지를 드리고, 새해가 되면 시작을 축복하는 메시지를 드리며, 스승의 날이면 덕분이라며 감사함을 표현하는 것이다. 좋은 일이 있을 때 그분들을 떠올리며 감사함을 잊지 않고 살아가고 있음을 말씀드려 보자. 그리고 때로는 처음 관계 맺었을 때처럼 지혜를 구해도 보라. 무척 반가워하실 것이다.

관계가 이어지도록 노력했다면, 다음은 자랑스러운 멘티가 될 수 있도록 노력해 보자. 멘토가 우리에게 도움을 준 시간이 낭비가 아니었음을, 가치 있는 투자였음을 느낄 수 있도록 말이다. **멘토에게 가장 큰 선물은 '훌륭한 멘티를 만든 훌륭한 멘토'라는 명성을 선물하는 것이다.** 누군가에게 멘토가 될 정도의 사람이라면, 스스로가 훌륭한 사람이라는 자부심, 자긍심은 이미 갖고 있다. 그런 그분들에게도 누군가를 훌륭한 사람으로 육성하여 위대한 멘티의 스승이 되는 것은 굉장한 영예다.

감사하게도 나 또한 해를 거듭하며 성장한다고 시장에서 평가받고 있는데, 이렇게 성장하도록 도와주신 분들께 감사인사를 드리다 보면, 그분들께서 나의 성장을 자랑스러워하시고 보람 있어 하심이 느껴진다. 앞으로도 그분들께 뿌듯한 멘티가 되고 싶다.

1676년, 아이작 뉴턴이 지인에게 보낸 편지에는 다음 같은 문장이 적혀 있다고 한다.

"거인의 어깨 위에 올라서면 더 넓은 세상을 볼 수 있다."

자신이 이룬 수많은 업적이 실제로는 다른 사람들 덕분에 가능했음을 말하는 것이다. 혼자서는 불가능하지만 누군가의 도움이 있으면 더 높은 위치로 갈 수 있다. 당신도 당신을 높이 올려줄 책 속 멘토와 실제로 만나는 멘토를 찾길 바란다. 그 관계를 통해 당신은 더욱 크게 성장할 것이다. 그리고 혹시 모른다. 청출어람이 될지도. 제자가 스승보다 더 큰 업적을 세운다는 것이다. 거인의 어깨 위에서 시작할 수 있는 멘티는 거인보다 더 넓은 세상을 보는 시작점을 갖는 법이니까.

**거인의 어깨 위에 올라
더 넓은 세상을 바라보라**

* 한 명의 멘토만 따르지 말라. 여러 멘토에게 배운 다양한
지혜를 하나로 융합하라. 그렇게 만들어진 독특한 스타일
은 당신만의 명성이 된다.

* 누구나 하는 질문을 멘토에게 묻지 마라. 쓸데없는 질문
은 멘토를 도망가게 한다. 스스로 풀 수 있는 질문은 스
스로 해결하라.

* 당신을 알아주는 이가 없는가? 그렇다면 노력이 부족하
거나 시야가 좁은 것이다. 단순히 노력하기 귀찮아서 멘
토를 원하면 안 된다. 유능하면서도 노력하는 멘티는 드
물다. 멘토는 그런 이들을 지나치지 않는다.

우리는 스스로 믿는 대로 된다

과학, 예술, 비즈니스, 운동 등 각 분야에서 역사상 존재했던 깨기 어려운 기록을 경신하며 우뚝 선 거장들이 있다. 세계적인 기록을 깨고 월드 클래스로 올라가는 그들을 보며, 사람들은 경이로움을 표한다.

우리 주변에도 그들과 비슷한 사람들이 있다. 마치 게임에서 캐릭터의 레벨을 올리듯이 시간이 지나면 성장해 있고, 나중에 살펴보면 훌쩍 자라 있는, 자신의 한계를 무한히 부수며 올라가는 사람들이다. 대다수 사람은 성장하다가도 한계에 도달하면 주저앉아 고통스러워하거나 더 이상 고통을

겨지 않기 위해 성장을 포기하기에, 무한히 성장하는 사람들은 더 특별하고 대단해 보인다.

세계적인 석학이자 스탠퍼드 대학의 심리학과 교수인 캐롤 드웩은 40년 넘는 세월 동안 '무엇이 이러한 차이를 만드는지'에 대해 연구했다. 그리고 세상을 깜짝 놀라게 한 연구 결과를 발표했다. 끝없이 성장하는 사람과 한계를 극복하지 못하는 사람의 차이는 딱 하나였다.

'마인드셋(마음가짐)'.

즉, 성장과 한계를 가르는 매우 중요한 요소는 '스스로가 자신의 재능과 능력에 대해서 어떻게 생각하는지'였다.

캐롤 드웩은 우리가 가질 수 있는 마음가짐을 두 가지로 나누어 설명한다. 하나는 '성장 마인드셋'이고 다른 하나는 '고정 마인드셋'이다.

성장 마인드셋을 가진 사람은 '나는 계속 발전할 수 있다' 라고 믿는 반면, 고정 마인드셋을 가진 사람은 '나의 재능과 능력은 불변하는 고정된 자질이다'라고 믿는다. 이러한 믿음은 인생 전반에 걸쳐 엄청난 영향을 준다.

예를 들어, 성장 마인드셋을 가진 사람들은 도전이 자신의 능력을 키워 준다고 믿는다. 그래서 위험을 무릅쓰며 거듭 도전하고, 실패하더라도 빠르게 회복한다. 실패했다고 미래의 잠재력까지 깎아내리지 않으며 오히려 그 경험을 미래의 성공을 위한 디딤돌로 삼는다. 성공 확률이 높아질 수밖에 없다.

반면, 고정 마인드셋을 가진 사람들은 자신의 능력은 타고난 것이며 변하지 않는다고 생각하기에 도전을 피하고 쉽게 포기하는 경향이 있다. 실패하면 자신의 한계 때문에 어쩔 수 없다며 금세 단념하고 자신의 한계를 더욱 명확하게 긋는다. 실패를 피해 다니느라 도전 자체를 잘 하지 않아 성공 확률이 매우 낮아진다.

실제 연구에서도 성장 마인드셋을 가진 사람들과 고정 마인드셋을 가진 사람들의 성공 가능성을 비교해 보니, 고정 마인드셋이 성장 마인드셋에 비해 성공할 가능성이 확연히 낮다는 사실이 밝혀졌다.

당신은 어떤 마인드셋을 장착하고 살고 있는지 궁금하지 않은가? 자신의 마인드셋을 점검하는 방법에는 여러 가지가 있다. 캐롤 드웩은 그중 하나로, '특정 상황을 상상해 볼 것'을 제안한다.

전혀 배워본 적 없는 외국어를 배우는 상황이라고 상상해 보자. 당신을 가르치는 강사가 많은 학생이 있는 교실에서 당신을 앞으로 불러내 질문을 던진다. 이때 당신은 어떻게 느끼겠는가?

A. 모든 이들의 시선이 느껴진다. 마치 시험을 보는 것만 같다.

B. 새로운 것을 배우러 온 공간이니 긴장할 것이 전혀 없다.

A처럼 생각한다면 자신이 가진 능력을 심판대 위에서 증명해 보이고 싶어 하는 전형적인 고정 마인드셋을 가진 사람이고, B처럼 생각한다면 자신은 늘 발전 중이라고 믿는 성장 마인드셋을 가진 사람이다.

상상을 하나 더 해 보자. 이번에는 새로운 과목을 배우는 상황이다. 배우면 배울수록 점점 더 어렵게 느껴질 때 당신은 어떻게 느끼겠는가?

A. 피로가 몰려오고 현기증이 느껴진다. 지루할 때도 있다.

B. 어려운 과제가 있으니 도전할 맛이 난다. 오히려 재미있다.

도전적인 과제 앞에서 느껴지는 피로감은 고정 마인드셋을 가진 사람의 특징이다. 성장 마인드셋을 가진 사람은 어려운 과제를 만날수록 성장과 발전을 기대하는 모습을 보이고 재미있어하는 경향이 있다.

마인드셋에 대한 설명을 읽으면 읽을수록, 나 자신이 꽤 많은 부분에서 '고정 마인드셋'을 가지고 있다는 생각이 들었다. 시험을 보면 단 1점도 실점하고 싶어 하지 않아 했고, 새로운 프로젝트를 시작하면 곧바로 탁월하다는 평가를 받고 싶어 했다. 또, 실패할 것 같은 어려운 일에는 에너지를 쓰고 싶지 않아 했다. 이 모든 게 내가 가진 능력과 자질을 평가받고 심판받는다고 생각하는 고정 마인드셋 때문이라는 것을 알게 되었다.

다행히도 **마인드셋은 노력으로 충분히 바꿀 수 있다**는 캐롤 드웩의 말이 큰 위로가 되었다. 성장 마인드셋으로 살아가는 것이 훨씬 더 행복하고 성공할 확률이 크다는 등 여러 좋은 점이 있다는 것을 알게 되었기에 고정 마인드셋을 성장 마인드셋으로 완전히 바꿔야겠다고 생각했다.

캐롤 드웩이 조언하는 바를 귀를 쫑긋 세워서 듣고 정리해 보았다. 만약 당신도 주변을 깜짝 놀라게 하는, 한계 없는 성장의 아이콘이 되고 싶다면 이를 꼭 적용해 보기를 바란다.

첫째, 고정 마인드셋을 발견하고 인정할 것

대부분의 사람들에게는 성장 마인드셋과 고정 마인드셋이 혼합되어 있다. 무엇이 더 우위를 점하고 있는지가 다를 뿐이다. 내면을 잘 살펴 자신이 가지고 있는 강력한 고정 마인드셋이 무엇인지 발견하고, 현재 상태를 받아들여야 한다.

둘째, 고정 마인드셋이 언제 나타나는지 파악할 것

'너는 능력이 안 돼. 이제 모두가 알아볼 거야. 포기해'라며 심판하는 고정 마인드셋이 드러나는 상황이나 환경은 개인마다 차이가 있다. 하지만, 주로 큰 도전을 앞두고 있을 때나 어려운 일을 해결해 나가다가 막다른 길에 몰렸을 때, 혹은 실패한 기분이 들 때 등장하는 경우가 많다. 이 단계에서 해야 할 일은, 고정 마인드셋이 등장한 상황이나 환경을 파악해 원인을 찾아내는 것이다. 그러고는 일단 지켜보도록 한다.

셋째, 발견한 고정 마인드셋에 이름을 붙일 것

이름을 붙이는 행위는 그 대상과 나 자신 간의 거리를 확보하는 일이다. 거리를 두게 되면, 보다 객관적으로 대상을

관찰할 수 있어 그 유혹과 영향을 주의 깊게 살펴볼 수 있게
된다.

넷째, 고정 마인드셋의 목소리에 반박하고 함께 살아갈 것

새로운 일을 앞두고 있을 때 '도전하지 마. 괜히 도전했다
가 시간도 잃고, 있던 돈도 다 잃어버리면 어떡하려고 그래.
넌 실패할 거고, 손해 볼 거야. 그걸 해낼 능력이 없다고!'라
며 고정 마인드셋이 속삭이면 어떻게 해야 할까? "알았어.
나도 위험한 건 알아. 하지만 꼭 한번 해 보고 싶어. 그리고
실패 좀 하면 어때? 과정에서 배울 거고, 난 극복할 텐데! 그
러니 너도 그만 불안해하고, 이제 나와 함께 가자"라고 그 목
소리에 반박하고 새로운 방향으로 이끌어 주어야 한다.

고정 마인드셋을 어르고 달래며 설득하여 성장 마인드셋
으로 살아가기로 한 후에도, 과거의 고정 마인드셋이 다시
나타날 수 있다. 노력하면 바꿀 수 있는 만큼 유동적이기 때
문이다. 그래서 우리는 계속해서 성장 마인드셋을 장착하고
살아가기 위해 노력해야 한다.

쉽지는 않더라도 그 노력은 그만큼 값질 것이다. 성장 마인드셋으로 바꾸면 삶의 결이 완전히 달라지기 때문이다. 삶이 풍성해지고 생동감이 느껴질 것이다. 고정된 결말이 있는 삶을 사는 것이 아니라, 즐겁게 도전하고 그만큼 끝없이 성장하는 열린 결말이 펼쳐진 삶을 살게 되니까. 무한히 성장하며 배움에 기뻐하는 삶, 무엇을 상상해도 그 이상으로 잘될 당신의 삶을 응원한다.

Blooming

성장 마인드셋을 위해
매일 내게 건네는 질문

Q1. 오늘 내가, 그리고 주변 사람들이 배우고 성장할 기회는
무엇인가?

_____

_____

Q2. 언제, 어디서, 어떻게 나는 이 계획들을 실천할 것인가?

_____

_____

Q3. 이 성공을 유지하고 계속 성장하기 위해서 나는 무엇을
해야 하는가?

_____

_____

하루가 단단하면 삶이 흔들리지 않는다

나이가 들수록 행복해질까, 불행해질까? '나이'와 '행복'의 상관관계를 예측해 보라고 하면, 대부분의 사람들은 어느 시점부터는 나이가 들수록 불행해질 거라고 말한다. 중년에 가장 행복하고, 노년으로 갈수록 행복감이 떨어지는 ∩자형 커브를 그릴 것으로 예상하는 것이다.

영국 워윅대 연구팀이 나이와 행복의 상관관계를 알아보기로 했다. 그들은 전 세계 80개국의 나이별 행복지수를 살펴보고 대조했다. 그 결과, **행복감은 오히려 어느 시점부터는 나이가 들수록 증가하는 ∪자형 커브를 그리고 있었다.**

연구팀에 따르면 나이가 들수록 행복해지는 이유는 다음과 같았다. 시간이 흐를수록 '이제 살날이 얼마 남지 않았다는 자각'이 선명해져 미래를 계획하기보다는 현재에 더 집중하게 되었다는 것. 과거에 초점을 두는 삶이나 미래에 초점을 두는 삶보다, 현재에 집중하는 삶은 그 자체로 더 행복하고 충족감을 주기에 노인이 될수록 행복해졌다.

후회되는 과거나 불안한 미래에 시선을 두는 것보다 지금 내 앞에 있는 현재에 시선을 두는 것이 더 좋다는 건 익히 알고 있는 사실이었다. 그런데 좋았던 과거를 회상하는 것도, 긍정적으로 미래를 기대하는 것도, 그저 현재를 주목하는 것보다 더 나은 중심점이 될 수 없다는 연구 결과는 참 신선하게 다가왔다.

현재에 마음을 두는 것이 긍정적인 과거나 미래를 생각하는 것보다도 우리를 더 행복하게 만드는 이유는 '현재가 가장 소중하다는 것을 인정한다'는 데 있다. 긍정적인 과거에 초점을 두면 현재가 과거보다 못한 것이 되어 상대적으로 현재에 불만족하게 되고, 긍정적인 미래를 너무 기대하며 살면 이 또한 현재는 불만족스럽다는 것을 인정하는 꼴이 되기 때문이다.

그렇다면 현재를 온전히 산다는 것은 무엇일까? 혼자 설거지할 때를 생각해 보자. 갑자기 여러 생각이 떠오른다. 오늘 직장에서 있었던 스트레스 받은 일, 설거지를 마치고 해야 할 일이나 내일 해야 할 일, 원하는 일이 내 생각대로 안되면 어쩌나 하는 미래에 대한 걱정…. 온갖 과거와 미래에 관련된 생각들이 불쑥 올라와 머리가 혼란해진다. 부정적인 생각은 마음을 가라앉게 만들고 긍정적인 생각은 마음을 들뜨게 한다.

현재에 산다는 것은 그런 생각들이 올라올 때 **'생각이 불쑥 올라왔다'는 사실을 인지하고 생각의 초점을 '현재'로 온전히 돌리는 것을 의미한다.** 갑자기 튀어 오르는 과거나 미래에 대한 생각을 통제하기는 어렵지만, 튀어 오르는 생각을 의식하고 대응하고 생각을 의도적으로 갈아 끼우는 것은 충분히 가능하다.

가령, 생각의 물줄기를 끊고 지금 내 손 위에 시원하게 뿌려지는 물줄기를 느껴보는 것이다. 씻겨 나가는 그릇을 눈으로 보고 귀로는 접시의 뽀드득거리는 소리를 들어본다. 그럴 때 마음 안에서는 머리와 몸이 일치하는 데서 오는 일치감과 충족감이 퍼지게 된다. 작은 행복감들이 샘처럼 퐁퐁 솟아오른다. 과거나 미래의 부정적이어서 우울했던, 기대하느라 들뜨고 혼란했던 생각들이 차분히 가라앉고 서서히 행복해진다.

"나쁜 경험이 하나 지나가면 좋은 경험이 온다. 둘은 함께 다니기에 번갈아 온다"는 격언을 언젠가 들었을 때는 고개를 끄덕였다. 그런데 그렇게 생각하니 좋은 일을 겪을 땐 그다음에 올 나쁜 경험이 두려워지고, 나쁜 경험을 겪을 땐 좋은 일이 안 오고 또 나쁜 일이 오면 어떡하지 하며 걱정하게 됐다. 생각이 온전히 현재에 머무를 수 없도록 생각을 심어준 탓이다.

긍정적인 생각으로 행복을 덮어씌우려고 애쓰기보다 더 중요한 것은, 생각을 멈추고 오직 내 눈앞의 현실에 집중하는 것이다. 어떤 생각이 몰려오더라도 그 생각들의 바탕에 여여하게 있는 마음자리, 잡다한 생각들을 다 치우고 나면 드러나는 그 맑은 자리에 머물 때 우리는 언제 어디서라도 행복해진다.

꽃 피우면 참 좋데요.

그러니 활짝 피워봐요.

다가오는 당신의 계절에

활짝 만개하길 바라요.

2장

누구에게나 피어날 자리가 있습니다

내 자존감은 내가 만든다

"그거 해서 돈은 좀 버니? 그 일을 할 시간에 나 같으면 다른 걸 하겠다."

모임에 나갔다가 지인의 말에 상처 입은 한 수강생분이 하루는 단체 채팅방에 고민을 털어놓았다. 수작업으로 만든 제품을 직접 유통하는 일을 열심히 하고 있는데 지인이 그런 자신이 안쓰럽다는 듯 비아냥거리며 말을 던졌다는 것이다. 수강생분은 속상한 마음에 일이 영 손에 안 잡히고, 밤에 잠도 잘 못 잔다고 했다.

단체 채팅방은 금세 그분의 마음을 십분 공감하는 대화로 가득 채워졌다. 뭐만 하려고 하면 쓸데없는 일을 시작한다고 구박하는 선배, 어차피 도중에 그만둘 거니 괜한 시작도 하지 말라며 면박 주는 가족, 돌아다니면서 길거리에 시간과 돈 낭비하지 말고 아이나 잘 돌보라고 화내는 남편의 일화 등 너도나도 비슷한 경험을 했다는 이야기가 한참 이어졌다.

응원을 받아도 앞으로 나아가기 쉽지 않은 마당에, 애정이 가득한 격려를 보내기는커녕 부정적인 말로 가능성을 제한하며 우리를 힘껏 바닥으로 끌어 내리는 사람들은 주변에 항상 있다. 그들이 무심코 던지는 부정적인 말에 가장 크게 다치는 것은 '잘해낼 수 있으리라'고 생각하는 자신감이고, 더 나아가서는 '스스로를 존중하는 마음'인 자존감이다. 자신감과 자존감이 다치면 스스로를 의심하게 되며, 시도도 하기 전에 단념해 버리기도 한다.

나 또한 살면서 주변 사람들에게 자신감과 자존감에 공격받은 일들이 참 많았다. 한번은 중요한 일을 앞두고 불안한 마음을 지인에게 토로한 적이 있었다. 정말 꼼꼼히 준비했지만 너무 중요한 일이었기에 걱정되는 마음이 사라지지 않아서였다.

지인은 말했다. "넌 생각이 너무 많아서 큰일이야. 그렇게 생각이 많으면 뭘 할 수가 없어. 넌 사소한 일에도 크게 불안해하는 성격 때문에 큰일은 못 하겠다." 상대는 툭 하고 던진 말이었지만 그 말은 내게 오래도록 남았다. 그 당시에 그 말을 꽤 심각하게 받아들였던 것 같다. 그 장면을 아직 생생하게 기억하는 걸 보면 말이다. 지금 생각하면, 그 말은 오랫동안 곱씹을 가치가 있는 말이기는커녕, 가뜩이나 긴장한 마음에 겁만 더 잔뜩 집어먹게 하는 불필요한 말이었다.

어떻게 해야 부정적이고 공격적인 타인의 말에서 내 감정을 보호할 수 있을까? 이 사실을 우선적으로 인지해 두어야 한다. 세상에는 삶을 대하는 기본적인 태도가 비관적이고 부정적인 사람이 있다는 것. 그리고 그중에는 그 생각을 여과 없이 말로 전달하는 사람들이 있다는 것.

비관적인 생각을 하는 게 습관인 사람들은 당신에게 칠흑 같이 어두운 시나리오를 아무 생각 없이 던질 수 있다. 당신의 미래를 진심으로 걱정해 주는 마음으로 사려 깊게 조언하는 게 아니란 말이다. 어떤 상황에서든 습관적으로 던지고 보는 부정적인 그들의 시나리오에 '듣고 보니 맞는 것 같아…. 자격도 없는데, 겁도 없이, 쓸데없이…' 하며 자신의 현재와 미래를 비관해서는 안 된다. 자신의 가능성을 남의 말 한마디에 한계 짓는 함정에 빠지지 말자.

만일 당신이 주변 사람들을 많이 배려하고 그들의 마음을 깊게 헤아리며 말하려고 신경 쓰는 사람이라면, 특히나 이 사실을 기억하길 바란다. 남들도 자신과 같으리라 생각하며 상대의 부정적인 코멘트를 나를 위해 진심으로 해 준 말이라고 받아들이기 쉽기 때문이다.

상대가 말한 부정적인 시나리오가 매우 개연성 있게 들릴 수 있다. 그래서 마음이 쓰일 수 있다. 하지만 세상에 백 퍼센트 성공을 확신하며 시작할 수 있는 도전이 어디 있으며, 백

퍼센트 성공하는 선택과 행동만 이어가는 사람이 어디 있는가? 그러니 일이 잘 안 풀릴 거라며 상대가 당신에게 나열한 내용은 '리스크에 대단히 예민한 사람이 위험에 대비하는 체크리스트를 주니 고맙다' 정도로 생각하며 참고만 하자.

더 나아가서는 상대가 단순히 나를 걱정하는 게 아니라 무시하고 비아냥대며 기분을 나쁘게 만든다면 대화의 화제를 단호하게 바꿀 줄도 알아야 한다. 다분히 의도적으로 기분이 나쁘라고 하는 소리를 끝까지 다 들어주며 상처받을 필요는 없다. 우리에게는 스스로의 감정을 적극적으로 보호할 의무가 있다.

상대의 이야기에 마음이 위축되고 자신감이 뚝뚝 떨어지는 느낌이 들 때가 화제를 바꿀 적기다. "네가 하는 그 일은 돈이 안 되는 거 알지?" 하며 상대가 비아냥거리면, 이때는 맞장구를 치지 말고 "너 그때 얘기했던 그거 말이야" 하며 새로운 주제로 화두를 바꾸자. 만일 화제를 전환하려는 데도 계속 말 돌리지 말라며 재차 날카롭고 부정적인 대화들로 자신의 주장을 납득시키려고 든다면, 이때는 그와 거리를 두는 것도 고려하기를 바란다. 상대는 비관적인 걸 넘어, 당신을 끌어내려 자신이 우위를 점하려는 사람일 수도 있다.

세상에는 부정적이고 비관적인 사람들도 있지만, 긍정적이고 건설적인 사고를 하며 진심으로 힘을 주고 응원하는 말을 타인에게 전하는 좋은 사람들도 많다. 긍정적인 에너지, 건설적인 생각, 도움이 되는 경험까지도 아낌없이 공유해 주려는 사람들과 시간을 더 보낼 수 있도록 나를 둘러싼 관계들과 환경을 꼭 점검해 보자.

만나면 마음이 다치고, 집에 돌아오면 위축되는 관계임을 뻔히 알면서도 내게 악영향을 주는 사람을 계속 만나는 것은 결코 자신을 존중하는 선택이 아니다. 자존감을 높이고 싶다면, 스스로를 존중하는 선택을 하자. **자존감은 남이 아니라 자신이 만드는 것이니까.** 내가 나를 존중하는 선택과 행동을 할 때, 그리고 주변 사람들의 진심 가득한 격려와 인정이 함께 할 때 자존감은 높아진다.

Blooming

남의 말에 휘둘리지 않고
자존감을 단단히 지키는 법

① 남의 허락에 의지하지 말 것

남의 허락을 구하는 건 스스로가 남보다 부족하다고 여기는
것이다. 자신의 결정과 행동에 확신을 갖자.

② 싫은 건 싫다고 표현할 것

무례하거나 부정적인 말에는 싫다고 표현하자. 당신을 공격
하는 말까지 참고 들어주면, 상대는 당신을 그래도 되는 만
만한 사람이라고 생각해서 오히려 더 한다.

③ 개인적으로 받아들이지 않을 것

상대의 말이나 행동이 비관적인 건 그의 성장 배경이나 마인
드셋 때문인 경우가 많다. 상대의 문제를 자신의 문제로 심
각하게 가져오지 말자.

불안의 노예가 되지 않기 위해

"불안이 멈추지 않아요. 아등바등 최선을 다하면서 사는데도 결과와 관계없이 걱정이 줄지 않아요. 너무 힘든데 어떻게 하면 좋을까요?"

직업 특성상 나는 사람들에게 고민 상담을 해 주는 일이 많다. '무언가를 해도 끊임없이 불안하다'는 질문은 그중에서도 매우 자주 등장하는 주제다. 나 역시 고민을 공유해 준 사람들이 토로하는 불안한 감정을 자주 느끼는 성격이기에 같은 고민을 깊이 다룬 적이 있었다.

매일매일 할 일들로 꽉꽉 채워 바쁘게 지내기를 무한히 반복하다, 그런 나 자신이 이해되지 않는 시점이 온 적이 있었다. '내가 너무 스트레스가 커서 이러나…. 삶 전체에 대한 불안이 너무 커서 그런 건가…'. 어떤 욕구 불만이 나를 이토록 쉬지 못하게 하는 건지. 불안감을 크게 자주 느끼는 내 성격이 걱정되기까지 했다.

내 성격에 대한 고민은, 우연히 받게 된 성격 검사로 인해 큰 전환점을 맞이하게 된다. 지금까지의 이야기가 자신의 이야기 같다면, 나의 전환점이 당신에게도 관점의 커다란 변화로 다가올 것이다.

성격 검사에 따른 나의 성격은 다음과 같았다.

당신은 아무것도 성취하지 않은 채로 하루를 보내면 만족할 수 없습니다. 내면에 있는 꺼지지 않고 계속 타오르는 불꽃은, 당신이 하나의 목표를 이뤄내면 잠시 수그러들지만 이내 다시 타올라 다음 목표

를 향해 달려가도록 당신을 밀어붙이며 더 많은 일을 해내도록 자극합니다.

성취를 향한 끝없는 욕망은 논리적으로 설명하기 힘들고 뚜렷한 방향성이 없을 수 있습니다. 하지만 이 욕망은 언제나 당신과 함께할 것이기에, 당신은 끊임없이 속삭이는 불만족한 느낌과 함께 살아가는 법을 터득해야 합니다.

이러한 성격은 지치지 않고 장시간 일할 수 있으며, 새로운 일을 시작하고 도전하는 추진력이 좋습니다.

- 갤럽의 강점 검사 결과 중 발췌

성격 검사는 쉬이 만족하지 않고 새로운 목표를 찾아 돌진하는 성격을 '불안해서 그렇다'고 단순하게 해석하지 않았다. 오히려 내가 가진 커다란 강점으로 보았다. '성취를 향한 끝없는 욕망'이라는 꺼지지 않는 불꽃이 내면에 있으므로 장시간 집중해서 많은 일을 해낼 수 있다고 설명한 것이다.

이 결과지를 읽으니, 걱정스럽게만 보이던 나의 좌불안석 성격이 긍정적으로 보이기 시작했다. 관점의 변화가 일어난 것이다.

하루하루의 삶에서 쉬이 채워지지 않는 불만족감과 끊임없이 불안한 마음은 여전히 예고대로 찾아온다. 그러나 나는 이제 그 마음들을 부정적으로 해석하지 않는다. 긴장감이 고조되는 패턴이 찾아오면, '지금 성장하는 중인가 보다' 혹은 '기분 좋은 성취를 곧 이뤄내겠군' 하며 미래를 걱정하기보다는 기대한다. 그리고 내일을 준비하며 지금 내가 할 수 있는 최선의 것들을 해 나간다. 적절한 수준의 스트레스와 긴장, 그리고 불안이 더 나은 내일을 만드는 힘이 되어 주는 것이다.

실제로, 미래에 대한 낙천적인 기대와 비관적인 견해가 적절히 조화를 이루는 것이, 온통 낙천적이기만 한 것보다 건강하고 행복하다는 연구 결과가 있다. 그러니 자꾸만 불안의 노예가 되는 것 같아 걱정스럽다면, 그 마음이 오히려 나를 현재에 안주하게 하지 않게 만드는 원동력임을 알자. 미래에도 멈추지 않고 또 성장하고 성취를 이루려고 하는 그 '마음의 불꽃'을 긍정적으로 바라보도록 하자.

마음의 불꽃을 긍정적으로 해석하고 다룰 수만 있다면 그 불꽃은 당신을 해치는 도구가 아니라, 당신의 꿈을 이루는 데 큰 도움을 되는 불쏘시개가 되어 준다. 용기를 내어, 현재에 안주함으로써 생기는 '불만'을 선택하기보다, 변화를 선택함으로써 생기는 '불안'을 선택하기를 바란다.

불안은 가까이하면 타고
너무 멀리하면 얼어붙는다

불안은 생존에 필요하다.

그러나 지나치다면 생각을 바꿔 보자.

왜 목표를 이뤄도 끝없이 불안할까? 내가 이상한 걸까?

☞ 성장 욕구가 강해서 또 불꽃이 피어오르는 중인가 보다.
  이게 내가 가진 강점이지!

또 긴장되네. 자다가 벌떡 일어나기까지 해. 이렇게 불안해서
어떻게 살지?

☞ 불꽃이 또 붙었으니 조만간 뭔가 해내겠군. 좋은 변화가
  일어나기 전에 언제나 찾아오는 짜릿한 감정이야. 미래가
  기대된다!

과거가 아닌 미래를 기억할 것

민지 : "집에 있는 게 제일 편해요. 이번 휴가에 어디도 안 가고 집에
서 격렬하게 아무것도 안 하는 것이 저의 목표예요."

다혜 : "전 죽을 때까지 가능한 한 새로운 장소를 많이 여행하는 게
꿈이에요. 이번 휴가에는 태국에 갈 거예요! 너무 설레요!"

두 사람은 시간을 어떻게 쓸까? 여행의 관점에서만 보자
면 민지는 여행에 시간을 거의 쓰지 않을 것이다. 반면, 다혜
는 여행지를 알아보거나 떠날 준비를 하는 등 여행과 관련
된 일에 시간을 많이 쓸 뿐만 아니라, 실제로 기회가 닿을 때
마다 여행하며 시간을 보낼 가능성이 높다.

1년, 그다음에는 10년, 더 늘려서 30년 동안 이 둘의 삶을 추적해 보면 어떻게 될까? 다혜가 민지보다 여행에 압도적으로 더 많은 시간을 쓸 것이다. 여행에 대한 생각과 목표가, 두 사람이 휴가를 보내는 모습과 더 나아가 삶 전체의 모습을 달라지게 한 것이다.

우리는 우리가 꿈꾸는 대로 살게 된다. 각자가 품고 있는 생각과 가지고 있는 목표에 따라 한정된 시간과 에너지를 쓰기 때문이다. 돌아보면 나의 삶 또한, 내가 그동안 꿈꿔 온 것과 매우 닮았음을 느낀다. 세워 두었던 계획들과 아주 정확하게 일치하지는 않지만 큰 흐름은 같이 가고 있다. 이 사실을 깨달은 뒤로, 내가 주변 사람들에게 즐겨 하는 질문이 생겼다.

"자신이 지금 노력하는 영역에서 다 잘할 수 있다면,
다 잘 될 예정이라면,
궁극적으로는 어떤 꿈을 이루고 싶나요?"

이미 이런 생각을 해 본 사람들은 자신의 꿈과 목표, 그래서 지금 자신이 어떤 노력을 하고 있는지를 열정적으로 이야기한다. 한편, 이런 생각을 해 본 적이 없는 사람들은 "그렇게 생각해 본 적은 없었어요…" 하며 생각에 잠기곤 한다.

둘 중 어떤 사람이 자신이 꿈꾸는 삶을 살아갈지는 자명하다. 꿈을 꾸지 않는다면 꿈을 이룰 수조차 없다. **자신이 무엇을 원하는지 모른다면 자신이 원하는 삶을 결코 살 수 없다는 말이다.** 그렇기에 우리는 먼저 자신의 꿈, 스스로가 살고 싶은 '성공'적인 삶에 대한 정의를 내려야 한다.

커다란 부나 높은 명예를 거머쥐는 것이 성공이라고 생각하기 쉽지만, 사실 성공의 정의는 개인마다 다르다. 으리으리한 집에 살며 화려한 차를 끌어야 성공이라고 생각하는 사람도 있고, 반대로 검소하게 살며 주변 사람들을 가능한 한 많이 돕는 게 성공이라고 생각하는 사람도 있다.

서로 다른 성공의 정의는 삶의 방향 또한 다른 양상으로 펼쳐지게 한다. 전자는 많은 돈이 생기면 고급스러운 집과 차를 살 가능성이 높다. 후자는 설사 큰돈이 주어진다고 해도 화려한 집과 차를 사지 않을 가능성이 높다.

후자의 대표적인 예로는, 큰 부와 명예를 얻었다고 평가받는 배우인 영화 '매트릭스'와 '존 윅' 시리즈의 주인공, 키아누 리브스가 있다. 그는 자산이 4,000억에 달함에도 불구하고, 커다란 집도 값나가는 차도 사지 않고 자선 단체를 설립하여 어려운 사람들을 돕는 데 많은 돈을 기부하며 살아간다. 검소와 나눔이라는 자신만의 성공 정의를 따라 사는 것이다.

그 외에 성공적인 삶을 살았다고 평가받는 현인, 성직자, 기업가 등은 성공에 대한 정의를 어떻게 내렸을까? 그들의 정의는 역시나 다양했다. 흥미롭게도 상반된 견해들도 다수 존재했다.

책 《부자 아빠 가난한 아빠》의 저자이자 이름난 자산가인 로버트 기요사키는 '부동산 투자나 사업 창업, 투자 기반 수입 등을 통해 재정적인 안정과 재무적인 자유를 이루는 것'

을 성공으로 보았다. 한편, 마이크로소프트의 창업주이자 자선사업가로 활동하고 있는 빌 게이츠는 성공이란 '인간관계와 가치 있는 무언가를 남기는 것'이라고 보았다. 그들이 살아낸 궤적 역시, 각자가 정의한 성공을 닮아 있었다.

그들의 정의를 보며, '나의 성공은 무엇일까?' 하고 나 자신에게 질문을 던져 보았다.

☐ 작은 성취를 이뤄내며 주변 사람들과 더불어 평안한 마음으로 살아가는 것

☐ 단 한 번의 큰 성공이 아니라 작은 성공일지라도 지속 가능한 성공을 반복적으로 이뤄내는 것

☐ 나의 성취가 공동체의 과제, 사회의 과제, 시대의 과제를 해결하는 방향으로 함께 이뤄지는 것

☐ 내가 세상을 떠난 뒤, '선한 삶, 타인을 돕는 데 부단히 애쓰고 노력하는 삶이었다'는 평가가 따라오는 것

이렇게 '나의 성공'을 정의했다. 앞으로도 나만의 성공 정의에 따라 의사결정을 내리고, 시간 배분을 하며 나의 의지에 따라 삶을 살기로 마음먹었다.

뇌과학자들은 말한다. '**뇌는 과거만 기억하는 게 아니라 미래도 기억한다**'고. 성공은 우연이 아니며, 우리가 의도한 대로 이루어진다는 뜻이다. 당신은 어떤 미래를 기억하고 싶은가? 생각하고 꿈꾸는 대로, 결국 당신이 계획한 모습과 꼭 닮아 있도록 당신의 삶이 빚어진다면, 당신은 어떤 꿈을 꿀 것인지 생각해 보자.

모든 것은 생각대로
꿈꾸는 대로 이루어진다

명사들의 성공 정의를 살펴보고,

나만의 성공 정의를 내려보자.

＊ 거듭되는 실패 속에서도 의욕을 잃지 않고 계속 걷는 것

  -윈스턴 처칠

＊ 자신을 좋아하게 되는 것, 자신이 하고 있는 걸 좋아하게

  되는 것, 그리고 그 걸어온 길을 좋아하게 되는 것

  -마야 엔젤루

＊ 당신이 살아 있었기에 단 한 사람의 인생이라도 조금 더

  쉽게 숨 쉴 수 있었음을 아는 것

  -랄프 왈도 에머슨

오늘의 기분은 행복으로 하자

아침에 일어나서 가장 먼저 하는 생각은 무엇인가?

대부분의 사람들은 신경을 가장 많이 쓰고 있는 골칫거리들을 떠올린다. 어제까지 한 생각들의 연장 선상들, 그리고 그 생각에 엮인 감정들로 하루를 시작한다. 그런데 원하는 미래를 현실로 만들어 온 거장들이 공통으로 하는 조언이 있다.

'아침에 하는 첫 생각을 바꾸라'는 것.

골칫거리들로 무심히 아침을 열지 말고, 하루의 첫 생각을 과거에서 그대로 이어받지 말고, '오늘 나의 가장 이상적인 모습은 어떤 모습일까?'를 선명하게 상상하며 하루를 시작하라는 것이다.

'첫 생각'을 의도적으로 바꾸면 부정적인 생각에 하루 종일 영향을 받을 위험이 크게 줄어든다. 골칫거리들로 아침을 시작하면 온종일 기분이 안 좋을 확률이 높다. 부정적인 생각을 하고 있으면 과거의 부정적인 기억이 더 잘 떠오르고, 그럴수록 더 걱정스러워지고 불안해지며, 미래에 대해서 더 나쁘게 예측하게 되기 때문이다. 심리학에서는 이를 '기분 일치성 효과'라고 부른다.

반대로, 자신의 이상적인 모습을 상상하면 기분이 고양되고 즐거워진다. 오늘부터 바꿔나갈 미래에 대해 건설적인 상상을 하면, 비록 어제는 무겁고 탁한 감정을 느꼈더라도 오늘은 그 영향을 받지 않게 된다. 밝고 긍정적인 상태로 하루를 보낼 확률이 커진다. 이 기분은 내일로도 이어진다. 그러니 어제의 우울한 생각 대신, 첫 생각으로 자신의 이상적인 모습을 선명하게 상상해 보자.

긍정적인 기분을 만들 수 있다는 것 외에, 자신의 이상적인 모습을 생각하라는 또 다른 이유가 있다. 꿈의 실현 가능성이 높아지기 때문이다. 우리 뇌는 이미지 트레이닝을 할 수 있다. 특정 행위를 잘해내는 모습을 선명하게 '상상'만 하더라도 그 행위의 수행 능력이 좋아진다는 것이다. 실제로 이와 관련된 연구 결과들이 존재한다.

미국 클리블랜드 병원의 신경과학자 광예 박사는 이미지 트레이닝을 통해 근육을 키우는 실험을 했다. 실험참가자들은 컴퓨터 모니터 상의 선을 보며 그 선을 바닥에서 위로 끌어 올리는 상상을 15분 동안 반복 수행했다. 이때 선은 자동으로 위아래로 움직이게 설정되어 있었고 실험참가자들은 자신이 그 선을 들어 올린다고 상상하도록 요구받았다. 4개월간의 실험 결과, 실험참가자들의 근육은 15% 증가했다. 나이가 적든 많든 상관없이 평균적으로 나타난 놀라운 변화였다. 상상만 했을 뿐인데 근육이 실제로 성장했다.

직접 수행한 행위와 상상을 통한 행위가 가져다주는 효과를 명확하게 비교한 실험도 있었다. 캐나다 비숍 대학에서는 농구, 럭비, 풋볼 선수를 총 30명 선발하여 세 그룹으로 나누었다. 그룹마다 10명씩 무작위로 구성했는데, A조는 멘탈 트레이닝을 활용해 특정 운동을 하는 상상만 했고 B조는 특정 운동을 실제로 수행했다. C조는 아무것도 하지 않았다. 6주간의 수행 결과, C조는 아무 변화가 없었다. 반면 특정 운동을 실제로 행한 B조는 체력이 28% 증진되었으며, 특정 운동을 상상하기만 한 A조도 체력이 24% 증진되었다.

두 실험 모두, 뇌에서 선명하게 상상한 경험이 실제 수행 능력에 영향을 미친다는 것을 보여 준다. 꿈을 그리는 것만으로 꿈을 현실로 만들 수 있다는 것이다.

어떤 기분으로 하루를 보낼 것인지 우리는 선택할 수 있다. 무심하게 '될 대로 되라지' 하며 아침을 시작하고 이어서 수동적으로 보낸 하루하루가 채워지는 삶과, '오늘은 이상적인 하루를 만들어야지' 하며 의도해서 선택하고 그것을 실행으로 옮기며 하루하루를 쌓아가는 삶은, 누적되면 누적될수록 정말 많이 달라질 수밖에 없다.

상상했으나 상상대로 현실이 이루어지지 않는다고, 오히려 상상과 현실의 갭이 느껴져서 고통스럽다고 불만족해하지 말자. **오래도록 꿈을 그리는 사람은 마침내 그 꿈을 닮아가는 법이니까.** 그저 계속해서 자신이 꿈꾸는 모습을 그리며 부단히 나아가자. 시간이 지날수록 하루하루가 더 선명해질 것이고 그 선명한 하루들이 모여 당신을 원하는 곳에 실제로 있게 해 줄 것이다.

사소한 행동 하나 바꾸었더니

고등학교 시절, 밤만 되면 학교 운동장을 열 바퀴씩 뛰었다. 아무리 피곤해도, 날이 추워도, 밤 열 시만 되면 어김없이 밖으로 나갔다. 살을 빼려면 무조건 나가서 뛰면 된다는 친구의 말을 듣고 난 뒤였다.

정말 힘들게 노력한 만큼 살이 많이 빠졌으리라 기대했다. 놀랍게도 체중은 그대로였다. 내 딴에는 행동에 대단한 변화를 준 건데 아무 변화도 없어 참으로 실망스러웠다.

시간이 흐른 후, 20대에 다시 다이어트를 결심했다. 그 당

시 나에겐 후식으로 달콤한 커피나 탄산음료를 마시는 습관
이 있었는데, 당이 많은 음료를 끊는 게 체중 조절에 매우 중
요하다는 조언을 들은 후로 그 습관을 끊어보았다.

사소한 변화를 준 거라 크게 기대하지는 않았다. 그런데
체중이 빠르게 줄어들기 시작했다. 놀랍게도, 힘들어도 꾹
참고 매일 밤 운동장을 열 바퀴씩 뛰는 것보다, 식사 후에 마
시던 달콤한 음료를 끊은 사소한 행동이 체중에 훨씬 큰 영
향을 줬다.

왜 대단한 노력을 기울였던 행동보다 사소한 행동이 체중
감량에 훨씬 효과적이었을까? 오랫동안 의문이었다.

그 의문은 '건강 심리학' 교과서를 읽다가 풀렸다. 교과서
에는 다이어트와 관련된 수년간의 연구 결과가 단 한 줄로
요약되어 있었다.
'체중 감량에 영향을 미치는 요인은 식단이 90%, 운동은
10%입니다.'

'아, 그래서 그랬구나!' 하는 깨달음의 탄성이 터져 나왔다.

그 깨달음 이후, 내게는 중요한 습관이 생겼다. 무언가 변화를 주고 싶을 땐 **사소한 행동이지만 결과에 크게 영향을 주는 중요한 행동이 무엇인지를 먼저 알아내려고 한다**는 것이다. 나는 이것을 '사중행동알기'라고 부른다.

나의 경험을 예로 들어보자. 만약 체중을 줄이고 싶으면 무엇을 가장 먼저 하는 것이 좋을까? '운동보다 식단을 바꾸는 것이 더 중요하다'라는 사실을 최우선으로 알아야 한다. 무작정 다이어트를 시작하기보다 체중 감량에 가장 효과적인 방법이 무엇인지를 빨리 알아차려야 한다는 것이다.

'사중행동알기'에는 두 가지 이점이 있다. 첫 번째는 **시간과 비용을 크게 아끼게 된다**는 점이다. 효율적으로 행동하기 때문이다. 게다가 적은 노력으로 큰 성과를 얻게 되어 만족감이 크고, 지키기 쉬운 까닭에 자기 효능감이 올라가게 된다. 결국, 목표를 향해 더 즐겁고 힘차게 달려가게 된다.

두 번째, **헛수고를 막아 준다**는 것이다. '열 번 찍어 안 넘어가는 나무 없다'라는 속담이 있지만, 현실은 다르다. 열 번 넘게 찍어도 나무가 안 넘어갈 수 있다. 도끼로 내려쳐야 하는 것을 모른 채 커터칼을 집어 들고 죽어라 애쓰는 상황을 상상해 보라. 나무가 쓰러지기는커녕 커터칼만 부러진다. 달걀로 바위를 아무리 쳐도 금 하나 가지 않는 것과 마찬가지다. 사소하지만 중요한 행동을 아는 것은 수없이 행해질 수 있는 헛수고를 사전에 방지해 준다.

'사중행동'이 무엇인지는 어떻게 알아차릴 수 있을까? 이를 쉽게 파악하는 나의 루틴은 다음과 같다.

---

① 문제가 무엇인지 명확하게 정의한다

② 문제 해결과 관련된 양질의 정보를 찾는다

③ 사소하지만 중요한 행동이 무엇인지 파악하면, 이를 실행할

수 있는 환경을 마련한다

④ 사중행동을 꾸준히 반복해서 실행한다

⑤ 사중행동이 문제 해결에 도움이 되는지를 평가하고, 문제가

풀릴 때까지 전체 과정(①~⑤)을 반복한다

실제로 이 루틴을 이용하여 오래도록 골치가 아팠던 문제를 해결한 적이 있다. 갑자기 피부에 온갖 트러블이 났던 때였다. 여드름이 한두 개가 아니고 이마부터 볼, 그리고 턱 끝까지 얼굴 전체를 뒤덮었다. 성인이었기에 성장기 호르몬 문제는 아니었다. 이유를 알 수 없어 고민은 깊어져만 갔다.

그렇지만 발만 동동 굴렀을 예전의 나와는 달리, '사소하지만 중요한 행동을 찾아야 한다'는 묘수를 알았던 나는 공포에 질리지 않고 침착하게 생각했다. 그리고 이내 루틴대로 탐색하기 시작했다.

'피부의 트러블을 잠재우기 위한 가장 중요한 행동이 무엇

일까?'

질문의 답을 찾기 위해 책도 찾고, 유튜브 영상도 여러 편보았다. 피부가 나빴다가 좋아진 일반인들의 경험담을 적극적으로 듣고, 전문가들의 조언에도 귀를 기울였다. 점점 모든 이들이 공통으로 강조하는 '사소하지만 중요한 행동'들이보이기 시작했다. 갖가지 정보들을 모아 우선순위를 매겨 보았다. 그러자 최우선 순위가 보였다.

'세안'이었다. 피부과에서 치료받거나 비싼 화장품을 사서바르는 것보다, 세안 습관이나 세안제를 바꾸는 것이 더 중요하다고 모두 입을 모아 강조하고 있었다. 당장 세안제부터바꿨더니 피부는 빠른 속도로 확연하게 좋아졌다. 그 뒤로는 단 한 번도 그때처럼 트러블로 고생하는 일은 없었다.

피부와 관련된 경험에서는 한 번에 답을 찾았지만, 그렇지 않은 적도 분명 있었다. 그럴 땐 다른 사중행동을 찾아보고, 실행해 보고, 결과를 평가했다. 한 번에 문제를 해결했을 때보다는 시간이 조금 더 걸리더라도, 무작정 행동할 때보다는 좋은 결과가 훨씬 빨리 찾아왔다. 재미있는 사실은, 사중행동 찾기를 반복할 때마다 다른 문제의 사중행동도 빨리 파악된다는 것이었다.

언제나 단순한 것이 복잡한 것을 이긴다고 한다. 방법이 아무리 좋다고 해도 복잡하고 해야 할 것들이 많고 어렵다면 우리는 결코 지속할 수 없다. 단순하더라도 효과적이면서 우리가 할 수 있는 것을 선택해야 큰 변화를 가져올 수 있다.

그러니 당신의 몸과 마음을 오래도록 괴롭히는 문제가 있거나 선명하게 이루고 싶은 목표가 있다면, 다른 어떤 것보다 사소하지만 중요한 행동부터 찾아보자. 방법이 단순해 보일지라도 결과는 전혀 단순하지 않을 것이다. 골치 아픈 문제가 더 빠르게 풀리고, 꼭 이루고 싶은 목표가 더 효과적으로 이루어지는 기분 좋은 경험을 분명히 하게 될 것이니 말이다.

내 안의 긍정 스위치 켜기

한없이 부정적인 생각에 휩싸일 때가 있다. 뉴스에서 이야기하는 세상의 사건 사고들을 보면서 크게 불안해하기도 하고, 주변에서 들려 오는 불행한 소식이 남 일 같지 않아 우울해지기도 한다.

불안하고 우울한 생각들이 꼬리에 꼬리를 물기 시작하면 점점 더 깜깜한 늪으로 빠진다. 감정적으로 위축되어 스스로의 가능성 자체를 의심하게 된다. 두려움과 의심이 깊어져 앞으로 나아가기를 머뭇거리게 되고, 정체감을 느끼게 된다. 정체감은 무력감으로, 무력감은 무기력으로 번져 나간다.

이렇게 부정적인 회로가 돌기 시작하면 새로운 가능성을 기대하며 나아가는 밝은 에너지보다는, 나쁜 시나리오를 쓰고 위험을 회피하려는 어두운 에너지로 방향 자체가 바뀐다. 미래를 낙관하기보다는 비관하게 되는 것이다. 감정은 내가 하는 생각에 영향을 미치고, 생각은 행동을 이끌고, 행동은 일상의 경험들로 연결되기에, 부정적인 감정은 연쇄적으로 생각과 행동, 심지어 미래의 가능성까지 위축시킨다.

다행히 우리는 이 회로의 스위치를 끌 수 있고, 의도적으로 반대 방향으로 켤 수도 있다. 마치 리모컨으로 자동차를 조종할 때, 앞 스위치를 누르면 전진하고 뒷 스위치를 누르면 후진하는 것처럼.

스위치를 한번 누를 때마다 방향이 획획 바뀌는 것처럼 사람의 뇌를 속이는 건 쉽다고 뇌과학자들은 말한다. 가상현실을 체험할 수 있는 시설 안에서 VR 안경 하나만 써도, 롤러코스터를 타야 경험할 수 있는 짜릿한 긴장감이나 공포를 거의 비슷하게 느낄 수 있다. 우리의 뇌가 실제 경험과 상상을 잘 구분하지 못하기 때문이다.

그러니 부정적인 감정이 뇌에 똬리를 틀려고 할 때, 쉽게
속는 뇌의 성질을 역이용해야 한다. 의도적으로 밝고 좋은
상상을 하는 것이다. **미래를 내가 원하는 방향으로 건설해
나가는 상상으로 머릿속을 채우고, 나의 가능성을 의심 없
이 믿어주는 것**. 이렇게 하면 부정적인 방향으로 끌려가는
판을 뒤집을 수 있다. 게다가 뇌는 순차적으로 생각을 처리
하지 동시에 두 가지를 생각하지는 못하기에, 긍정적인 생각
을 하고 있을 때는 부정적인 생각을 하지 못한다.

자신의 입장에서 긍정적인 상상을 하기 어렵다면, 비관적
인 상황에서도 끝내 돌파구를 찾아내 행복해진 사람들을
떠올려 보는 것도 좋다.

그런 삶을 살아낸 위인들은 무수히 많다. 역사를 거슬러
가지 않아도 좋다. 당신 가까이에도 분명 존재한다. 절망, 우
울, 암울의 파도가 덮쳤을 때 의연하게 이겨낸 그들을 떠올

려 보라. 그들에게 힘든 일이 없었던 것이 아니다. 다만 그러한 파도가 삶을 덮쳤을 때 대응하는 방식이나 태도, 감정과 생각이 달랐을 뿐이다. 그들이 특별해서 그렇게 이겨낼 수 있었던 것이 아니다. 당신과 같은 사람임에도 불구하고 해냈음을 떠올려야 한다.

변화심리학의 거장 토니 로빈스는 **사람은 모두 자기 안에 거인을 가지고 있다**고 설명한다. 그는 거인이 잠들었을 뿐이라며 거인을 깨우는 법을 익히면 '누구나' 안정적으로 풍요롭고 즐거운 삶의 주인이 될 수 있다고 말한다. 당신도 당신 안의 거인을 깨우면 된다.

내면의 방향성을 유리한 쪽으로 바꾸고 자신을 믿어야 한다고 거듭 강조하는 이유는, 현상적으로 일어나는 모든 일에 대한 해석과 반응은 개인의 정신적 믿음 체계와 밀접하게 연결되어 있기 때문이다.

자기 마음 안에서 생각하고, 느끼고, 믿고, 받아들이는 것

이 자신의 세상 그 자체라고 해도 과언이 아니다. 그만큼 현재의 내 믿음은 또 다른 미래를 불러오고, 그렇게 만난 미래에도 우리는 믿음의 방향성에 따라 완전히 다른 해석을 붙이게 된다.

당신의 빛나는 미래를 위해, 당장 부정 스위치를 달깍 꺼버리자. 그리고 믿음으로 만든 긍정 스위치를 탁 켜자. 아름답고 행복한 삶은, 그런 삶을 꿈꾸고 믿는 자들에게 선물처럼 허락되는 것이다.

Blooming

내 안의 긍정 스위치를
달칵 켜 주는 말

♠ 마음껏 꿈꿔도 좋아. 가능한 한 예쁘고 멋진, 가슴이 떨리는 꿈을 꾸렴. 너는 그 꿈을 이루어 낼 지혜와 힘을 충분히 가지고 있어.

♠ 반드시 해낼 거라는 걸 어떤 경우에도 의심하지 마. 장애물을 만나더라도 그때마다 주변 사람도, 세상도, 하늘도 너를 도울 거란다.

♠ 세상은 아름다운 곳이고 무한한 가능성이 펼쳐진 공간이야. 네 가능성을 자신 있게 펼치면, 삶 또한 아름다운 꽃처럼 피어날 거야.

지금이 바로 그 순간이다

"아직 부족한 것 같아서 준비되면 그때 하려고…"

지금 상태로는 부족하다고 여겨 새로운 도전의 시작을 가능한 한 뒤로 미루는 사람들이 있다. 그들은 늘 시작하기 완벽한 때를 기다린다.

한편, 조금은 과감하다 싶을 정도로 빠른 실행력을 보여주는 용감한 사람들이 있다. 그들은 준비가 조금 덜 된 것 같아도 일단 실행하고 나서 시행착오를 거치며 고쳐 나간다.

둘 중 어떤 사람들의 성공 확률이 더 높을까?

하버드 경영대학원과 MIT 연구진들은 '과감하게 실행하는 사람'들의 손을 들어줬다. 하버드 경영대학원에서는 **대담한 기업들이 더 신중한 기업보다 성공할 가능성이 크다**는 사실을 발견했다. 전략을 빠르게 실행한 기업들이, 전략을 실행하는 데 시간이 오래 걸린 다른 기업들보다 성공 확률이 높았던 것이다.

MIT 슬론 경영대학원의 연구도 마찬가지였다. 시작한 지 18개월 이내에 '어느 정도 고객들이 원하는 제품'을 출시한 스타트업이 그보다 오래 걸린 스타트업보다 성공 가능성이 월등히 높았다. 재빨리 제품을 만든 덕에 고객들에게 더 빠른 피드백을 받을 수 있었고, 그로 인해 제품에 필요한 변화를 더 빠르게 도입할 수 있기 때문이었다.

물론, 과감하고 빠른 실행만이 항상 최선의 선택은 아니다. 실패할 가능성이 너무 크거나 실패한 뒤의 위험이 너무 클 경우에는 준비를 단단히 하고 신중하게 시도할 필요가 있다. 하지만 우리가 주목해야 할 사실은, 일반적으로는 **과감**

하고 빠른 실행이 성공의 핵심 요소라는 것이다.

직접 실행해 보면 머무르면서 생각만 할 때보다 더 구체적
이고 현실적인 생각을 하게 되어 위기와 변수에 더욱 잘 대
응하게 된다. 설령 실패한다고 해도, 많이 시도한 만큼 다양
한 성취를 이루게 된다. 반대로, 지나치게 많은 세부 사항을
미리 대비하며 늦게 시도하면 시작도 어렵고 위기나 변수 앞
에서 쉽사리 무너지고 만다. 성공 확률이 현저하게 낮아지는
것이다.

빠르게 시도하면 성공 확률이 훨씬 높아진다는 사실을
확인했음에도 불구하고, 여전히 '나는 준비가 덜 되었다' 혹
은 '생각을 좀 더 하고 싶다'는 생각이 든다면 내가 존경하는
은사님께서 내게 조언해 주신 말씀을 들려주고 싶다.

"완벽한 시기는 존재하지 않으며,
사람은 '완벽'이 아니라
'완성도'를 높이는 데 초점을 두고 사는 것이 중요하다."

완벽한 때를 기다리지 말자. 시작해 보고 실패하면 고쳐 나가면 된다. 만일 커다란 일이 부담스럽고 두렵게 느껴진다면 작고 사소한 일부터 시작해 보자. 그저 지금 당장 시작할 수 있는 일부터 가까운 미래에 실행에 옮길 일들을 리스트로 만들고 그것들을 실행하는 데 에너지를 쏟아 보자.

그렇게 완성도를 조금씩 높여가다 보면 결국에는 그때가 시작하기에 가장 완벽한 시기였음을 깨닫게 될 것이다. **빠르게 실패하는 것이 가장 빠르게 성공하는 길이다.**

Blooming

지금 당장 실행할 수 있는
목표를 적어 보자

예시.

1) 30분간 나가서 산책하기

2) 따뜻한 물 한 잔 마시기

3) 비타민, 영양제 챙겨 먹기

4) 평소에 읽고 싶었던 책 읽기

5) 음악 감상하며 휴식 취하기

1) _____

2) _____

3) _____

4) _____

5) _____

모든 것은 태도에서 결정된다

학부 시절, 심리학 전공이던 나는 '소비자 심리학'이라는 과목을 특히 좋아했다. 공부를 한참 하다 보니 소비자 심리학을 더 깊게 공부하려면 경영학을 배워야겠다는 생각이 들었다. 이중 전공을 결정한 뒤 경영대학으로 진학한 나는 기대를 가득 안고 학회 활동을 시작했다.

마냥 즐거울 줄만 알았던 학회 활동은 기대와 달랐다. 일주일에 한 번씩 세미나를 했는데 단순한 세미나가 아니었다. 조마다 발표를 한 뒤에 경쟁적으로 등수를 매겼다. 마치 매주 공모전에 참가하는 것 같은 긴장감이 맴돌았다. 나는 선배, 동기들과 모여 앉아 열띤 토론을 하며 발표 자료를 만들어야 했다. 생각보다 높은 난이도는 큰 스트레스로 다가왔다.

실제 기업의 케이스를 다루는 굵직굵직한 과제들도 쉴 없이 계속 주어졌다. 그저 소비자 심리만 재미있게 배우던 내게는 어디부터 어떻게 풀어야 할지 알 수 없는 주제들의 연속이었고, 토론의 순간순간들은 그저 버겁고 어려웠다.

진짜 큰 어려움은 중간 피드백을 받았을 때 찾아왔다. "은환이는 정리된 내용을 발표하는 건 잘하는데, 토론에는 너무 소극적인 것 같아. 경영학에 대한 이해가 너무 부족해서 그런가? 좀 더 적극적으로 참여하고, 의견도 많이 냈으면 좋겠어. 토론할 때마다 듣기만 하면 곤란해." 선배의 일침에 나는 감정적으로 크게 위축되고 말았다.

어려운 경영학 용어가 오갈 때 잘 모른다는 생각에 입을 꾹 다물었던 시간들. 참여해야 하는 순간에도 가만히 있는 바람에 무임승차처럼 느껴지던 장면들이 선명하게 떠올랐다. 팀의 성과에 기여하지 못하고 민폐를 끼치는 것만 같아 자신감이 점점 떨어졌다.

"저, 학회를 탈퇴하고 싶습니다. 아무래도 제가 너무 부족하다고 느껴져서요." 마음의 부담을 이기지 못한 나는 결국, 선배에게 학회를 탈퇴하고 싶다는 의사를 비쳤다.

그러라고 할 줄 알았던 선배는 놀랍게도 나의 어려움을 깊게 헤아려 주며 침착하게 대화를 이어갔다. "학회 활동이 처음이니 어려운 게 당연해. 경영학은 모르는 분야라 알아가야 할 것도 많아서 충분히 부담스러울 것 같아." 그러고는 한 마디 덧붙였다. **"그럴 때일수록 이 꽉 깨물고 노력하면서 버텨야 성장할 수 있어."**

진심이 담긴 조언을 들으니 너무 쉽게 포기하려고 한 나의 태도에 반성하는 마음이 들었다. 상담 후에 상황이 달라진 건 없었다. 그대로였다. 그러나 그 상황을 대하는 나의 태도는 180도 달라졌다.

'모르는 것을 부끄러워하지 말자. 기여할 수 없다고 생각하지 말고 부족하다는 생각이 드는 만큼 남들 잘 때 더 치열하게 준비하자. 이 기회를 통해 나보다 더 많이 알고 있는 실력이 탁월한 동료나 선배들에게 배우자. 토론이 끝나면 내가 맡아서 정리하고, 발표만큼은 기여할 수 있으니 내가 자주 하겠다고 하자. 발표하기로 한 내용은 눈 감고도 읊을 수 있을 정도로 내 것으로 소화해 내서 유창하게 발표하자.'

독하게 노력했고 그렇게 1년을 꼬박 노력한 결과, 학회의 임원으로 선출되고 부회장을 맡게 되었다. 방학 때마다, 공모전에 같이 나가고 싶다는 선배와 동료들의 러브콜을 받았다. 각종 규모가 큰 공모전에서 상도 여러 차례 휩쓸었다. 졸업하면서는 여러 대기업과 외국계 기업의 정규직 오퍼와 함께 높은 연봉 제안을 받게 되었다. 만약 혹평에 감정이 위축되어 도망쳤다면 내가 겪었던 수없이 많은 성장은 불가능했을 것이다. 삶의 탄탄한 기반이 되어준 성취 또한 이뤄내지 못했을 것이다.

지금도 대학생 시절에 겪었던 상황을 종종 겪는다. 전혀 경험이 없는 영역에서 새로운 도전을 할 때, 나는 이 분야를 처음 겪지만 함께하는 사람들은 숙련자나 전문가들일 때. 그럴 때마다 과거의 극복기를 떠올린다. 어려운 상황을 돌파하게 했던 것은 다른 게 아니라 그 상황을 해석하는 나의 태도와 자세에 있었다는 것을.

그 기억이 떠오르면, 새로운 도전을 할 때나 그 도전을 함께하는 사람들이 숙련자나 전문가일 때 위축되기보다는 오히려 기대감이 커진다. 그분들과의 실력 차이는 내가 극복만 하면 그만큼의 실력 상승 기회가 될 것이니.

당신도 어딘가 당신이 속한 그룹에서 나와 비슷한 경험을 하고 있진 않은가? 능력이 대단한 사람들 사이에서 자신만 작고 초라한 것 같은 기분을 느낀다면 나의 일화가 당신이 용기 내는 데 도움이 되었으면 좋겠다. 아울러, 그러한 사람들 사이에서 혹평을 받았다면 감정 소비 대신, 발전과 성장의 기회로 멋지게 활용할 수 있기를 응원한다.

나의 자리에서 감사하자

쓰는 말이 달라도, 사는 지역이나 인종이 다르더라도, 모든 부모가 아이에게 말을 가르치는 순서는 같다고 한다.

'엄마', '아빠', 그리고 '고맙습니다'.

부모를 부르는 말 다음에 감사를 표현하는 말을 가르친다는 것이다. 감사라는 행위가 얼마나 중요하길래 전 세계 부모들은 아이들에게 감사하는 말을 먼저 가르칠까?

그 역사는 오래되었다. 고대 그리스 철학에서도 감사라는 주제를 중요하게 다뤘으며, 과거에서부터 여러 책이나 세계적인 석학의 입에서도 감사의 중요성은 자주 언급됐다. 많은 사람들은 감사의 중요성을 알고 있고, 실천하려고 노력한다.

상황이 기대한 대로 풀리고 뜻밖의 기쁨이 선물처럼 찾아올 때 감사하기는 쉽다. 애쓸 필요가 없다. 누군가에게 '고맙습니다', '감사합니다'라고 말하는 것도, 감사 기도를 올리는 것도, 감사한 일들을 일기에 적는 것도 수월하다. 하지만 삶은 '감사합니다'가 연신 입 밖으로 나올 정도로 기쁜 순간으로만 이루어져 있지는 않다. 오히려 '항상 감사하고 기뻐하라고? 이 상황에서 도대체 어떻게 감사할 수 있는데!'라고 화내고 싶고 목 놓아 울고 싶은 슬픈 순간들이 어김없이 등장한다.

그럴 때면 매사에 감사하고자 마음먹었던 사람조차도, 감사할 일이 없는데 억지로 그렇게 생각하고 행동하는 건 부자연스럽다며 포기하게 된다. 어찌 보면 당연한 일이다.

그런데 내가 '감사'에 대해 부단히 연구하고 몸소 실천하다 깨닫게 된 사실이 있다. '감사'의 진면목은 상황이 좋을 때나 내 감정이 기쁠 때보다, 상황이 어렵거나 마음이 어두울 때 드러난다는 것이다.

　나는 기쁠 때나, 슬플 때나, 아플 때나, 화날 때나, 어려울 때나, 허무할 때나, 지쳤을 때나 감정의 모든 계절 가운데에서도 언제나 감사하려고 부단히 노력했다. 다른 사람들과 마찬가지로 나의 감정이 긍정적일 때는 쉬웠고 부정적일 때는 어려웠다. 그럼에도 불구하고 마음이 힘들 때 '그래도 감사할 것들을 찾아야 해' 하며 더욱 감사하려고 했고, 삶이 내가 원하는 방향과는 정반대로 흘러가는 느낌이 들어도 '그럼에도 감사합니다. 이 또한 뜻이 있겠죠' 하며 일기를 썼다.

　그러고 나면 시간은 좀 걸리더라도 마음이 회복됐고 기적같이 상황이 풀리는 날들이 찾아왔다. 설령 현실이 변하지 않더라도 마음만은 금세 아물어 단단해졌다. 감사하면 감사할수록 빠르게 회복되는 것만 같았다.

　이는 나 혼자만의 경험이 아니었다. 논문들을 찾아보니 감사에 대한 뇌과학자들의 수많은 연구가 있었다. 연구에 따르면, '감사'할 때 즐거움과 쾌락을 담당하는 뇌 부위가 반응한다고 한다. 세로토닌과 도파민, 엔도르핀 등의 호르몬이 나오는 것이다. 이들 호르몬의 영향으로 몸의 심장박동과 혈압은 안정되고, 근육이 이완되면서 기분 좋은 행복감이 든다. 이는 우울증 환자들이 정신과에서 처방받은 우울증 약을 먹는 것에 버금가는 효과라고 한다.

심리학자들의 연구에서도 이 같은 효과가 밝혀졌다. 캘리포니아 주립대학교 교수이자 심리학자인 로버트 에먼스는 사람들을 세 그룹으로 나눠 10주 동안 매주 1번씩 기록을 하게 했다. 첫 번째 그룹에는 감사한 일들을, 두 번째 그룹에는 스트레스를 느끼게 했던 일들을, 세 번째 그룹에는 일주일 동안 일어난 일들을 그저 객관적으로 적게 했다. 연구 결과, 감사할 일들을 적었던 첫 번째 그룹만 현실의 삶에 더 만족하고 미래를 낙관적으로 전망하게 됐다. 더불어 운동을 더 자주 하게 되었으며 그 결과 건강이 증진됐다고 한다.

감사하기 어렵다고 느낄 때가 사실은 더욱 감사해야 할 때다. 우울증 약을 먹는 것과 같고 만족감을 느끼고 건강해지는 길이니까. 힘들수록 더욱 감사할 거리를 찾고, 쥐어짜고, 어떻게든 캐내야 한다.

뇌에 감사 회로를 만들고 시동을 거는 것이 어려워도, 일단 한 번 시동이 걸리면 반대 감정인 불평과 원망이 상쇄 작용으로 인해 줄어든다. 감정에는 불과 같은 성질이 있어서 땔감에 따라 커질 수도 있고 작아질 수도 있다. 감사는 부정적인 감정이 활활 솟구칠 때, 그 불에 잠잠하게 물을 뿌려 화를 식혀주는, 감정의 크기를 줄여주는 매우 유용한 도구가 된다.

만일 아무리 짜내어 봐도 감사하기가 어렵다면 어떻게 해야 할까? 어떤 상황에서도 감사하는 마음을 불러올 수 있는 훈련법이 있을까?

그럴 땐 감사의 대상이나 주제를 바로 자신의 주변에서, 가능한 한 구체적으로 떠올려 본다. 평소에는 너무나도 당연하게 생각했던 것, 혹은 아주 작고 소소한 것 중에서 말이다. 가만히 떠올리다 보면 실은 그것들이 너무나도 소중하고 가치 있었음을 깨닫게 되고, 이에 감사함을 저절로 느끼게 될 것이다.

예를 들어, 우리는 건강할 때는 몸을 감사하게 여기지 않는다. 그러다 조금이라도 아프거나 다치면 즉시 알게 된다. 평소에 자신의 몸이 얼마나 건강했고, 그것이 얼마나 감사한 일인지를. 또, 코로나 때를 기억해 보면 공감이 될 것이다. 늘 만나던 사람들을 만나지 못하게 되니 어떠했는가? 평범했던 그 시간이 애틋하고 소중했음을 그제야 알게 되었을 것이다. 이 밖에도 여름의 뜨거운 열기를 식혀주는 시원한 바람, 목마를 때 마실 수 있는 시원한 물 등, 매우 감사한 일이지만 익숙함에 속아 당연하게 생각하고 있었던 일들이 우리 주변에는 참 많다.

여전히 감사할 것들이 잘 떠오르지 않는다면 다음의 감사 목록을 참고해 보자. 지금껏 놓치고 있던 감사한 것들에 대한 감각이 다시금 살아날 것이다.

감사 목록

☐ 관계 : 가족이나 친구, 지인에게 느끼는 감사

☐ 건강 : 몸과 마음의 건강에 대한 감사(소중한 눈, 코, 입, 발, 귀 등)

☐ 자연 : 꽃과 나무의 아름다움, 푸른 하늘과 맑은 공기에 대한 감사

☐ 문화·예술 : 아름다운 음악, 재미있는 영화, 삶을 풍요롭게 만드는 책 등 누릴 수 있는 것에 대한 감사

☐ 교육·배움: 배울 수 있는 환경이 주어져 있고, 원하는 지식을 마음껏 접할 수 있음에 대한 감사

☐ 음식·영양 : 먹을 것, 마실 것, 영양가 있는 식재료가 허락됨에 감사

☐ 자유·기회 : 자유롭게 생각하고 행동할 수 있도록 허락된 환경, 열려 있는 기회들에 대한 감사

위의 일곱 가지 목록에서 각각 두세 개 이상의 항목을 추가해 보자. 스무 가지 이상의 감사할 거리가 생길 것이다.

카르페 디엠(Carpe diem)! 라틴어로 '현재를 즐기며 산다'는 이 말은 매 순간의 느낌을 놓치지 않는다는 것을 의미한다. 카르페 디엠 하길 바란다. 자신을 힘들게 했던 과거의 사건들로 아파하기보다는, 다가오는 미래에 대한 걱정과 불안으로 긴장하기보다는, **현재 자신에게 주어진 것들에 감사하기를.**

아무리 찾기 어렵다고 해도 지금 우리에게는 감사할 거리가 최소한 한 가지는 존재한다. 책을 차분히 읽을 수 있는 환경이 허락된 것이다. 그러한 환경조차 허락되지 않는 사람들이 지구상에는 얼마나 많은가. 지금 당신에게 주어진 선물 같은 순간을 온전히 느껴보자. 그렇게 하나씩 찾다 보면 애쓰지 않아도 저절로 감사할 날들이 온다. 그 감사의 재료들이 모여 힘든 날을 수월히 넘어가게 하는 버팀목이 되어줄 것이다.

인생의 꽃은

누구에게나 한 번쯤은 핀다고 해요.

당신의 때는 결국 옵니다.

너무 조급해하지 않아도 괜찮아요.

3장

가장 아름다울 때 아름답게 피어납니다

성장해야 할 때가 온다

처음 시작하는 일은 모두 낯설고 어렵다. 그렇지만 반복에 반복을 거듭하다 보면 요령이 붙고 능숙해지면서 점점 쉬워 진다. 지금 당신이 아주 편하게 하는 일의 처음을 생각해 보 면 쉽게 공감될 것이다.

나는 요리를 하면서 이를 느꼈다. 한번은 파스타를 맛있 게 만들고 싶다는 생각에 요리를 배워본 적이 있다. 처음엔 모든 것이 다 어려웠다. 재료 손질부터 면 삶기, 적절한 간으 로 맛을 내기 등 모든 단계에서 시간이 오래 걸렸다. 하지만 여러 번 반복해서 노력하다 보니, 결국에는 걸리는 시간도

줄고 맛있어지고 아주 능숙해졌다. 업무 영역도 마찬가지다. 사회생활을 처음 시작할 때, 대부분의 사람들은 어려워하고 낯설어한다. 긴장과 부담 때문에 힘들어하기도 한다. 하지만 이내 적응하고 익숙해진다. 업무에 루틴이 생기면서 편안해진다.

미국의 저명한 심리학자인 로버트 여키스는 이러한 현상을 '컴포트 존comfort zone'의 개념으로 설명한다. 우리가 '어떠한 업무에 대해 편안하게 느끼고, 더 이상 스트레스가 크지 않고, 그다음에 무엇이 올지 알기에 충분히 대비가 가능한 상태'가 바로 컴포트 존 상태다.

흥미로운 사실은 이 단계에서 **누군가는 '노력 끝에 능숙해졌다'고 느끼고 만족하며 성장을 멈추고, 누군가는 '새로운 성장을 해야 할 때가 왔다'고 하며 새로운 목표를 세우고 도전한다**는 점이다.

후자는 편안한 컴포트 존을 벗어나 다시금 불편을 겪어야

할 수밖에 없는 두려움의 영역인 피어 존fear zone, 그다음으로
는 배움의 영역인 러닝 존learning zone 로 나아간다. 마침내 다
음으로 도달하는 게 성장의 영역인 그로우 존grow zone이다.
또 다른 성장을 이루어 낸 것이다. 그렇게 성장에 성장을 거
듭하는 선택을 반복한 사람들은 누군가가 쉽게 따라잡을 수
없는 초격차를 만들어 낸다.

**즉, 우리는 편안한 상태를 벗어나 두려움을 감내하고 배울
때만 성장할 수 있다.** 말은 쉽지만 매번 그렇게 '불편하고 어
려울 수밖에 없는' 선택을 해서 성장하는 건 쉽지 않다. 마음
도 몸도 편안하고 행복한 상태인 컴포트 존에서, 또 한 번의
도약을 선택한다는 것은 본능을 역행하고 끈기와 인내로 자
기 극복을 이루어 냄을 의미한다.

그럼에도 불구하고, 어려움을 극복하고 초격차를 만드는
성장을 해내고 싶다면 그 실행을 돕는 장치들을 삶에 장착
해 보자.

새로운 환경에서 새로운 사람 만나기

새로운 공간, 모임, 스터디, 프로젝트 등 신선한 자극을 줄 수 있는 건강한 사람들과 함께해 보자. 그러면 내가 무엇을 놓치고 있었는지 알 수 있게 되고, 어떤 태도와 자세로 미래를 향해 나아가야 할지를 알게 된다. 새로운 환경과 새로운 사람들은 나를 힘차게 움직이게 하는 강력한 도구가 되어 준다.

목표를 선명하게 만든 뒤 공표하기

다이어트를 하기로 마음을 먹었다면 '3개월 뒤 나는 바디 프로필을 찍겠어!' 또는 '5kg을 감량하겠어!' 등 구체적인 목표와 기간을 설정한다. 그리고 반드시 해내겠다고 주변에 공표한다. 이는 '공개 선언 효과'로, 주변에 공개적으로 자신의 결심을 밝히면 실행력이 증가해 목표를 더욱 쉽게 성취하게 되는 심리 작용을 이용한 것이다. 혼자 다짐하지 않고 여러 사람 앞에서 말하게 되면, 사람들은 자기 말에 더 책임을 느끼고 가벼운 사람이 되지 않기 위해 약속을 더 잘 지킨다.

실패에 대한 관점을 갈아 끼우기

'성장에는 작은 실패들이 여러 차례 등장한다.' 이 말을 반드시 기억하자. 그러지 않고 '이번에 시도하는 일에서 무조건 성공할 거야. 내 사전에 실패는 없다'면서 새로운 영역에 도전하면, 실패에 대한 두려움과 부담 때문에 오히려 위축되고 긴장하여 기량을 발휘하지 못할 가능성이 크다. 그저 작은 실패가 등장하면 피드백의 기회로 여기고 유연하게 성장하겠다고 결심하자.

무엇보다 중요한 것은 '또 한 번 성장하기로 결심한 나는 정말 멋진 사람이다. 이런 멋진 나는 또 해낼 것이다' 하며 자신을 믿어주고 긍정하는 데 있다. 어려운 선택을 다시금 결심한 당신을 응원한다. 쉽고 누구나 다 가는 길이 아닌, 어렵고 좁은 길을 선택한 당신의 앞날은 그만큼 더 멀리 길게 펼쳐질 것이다.

컴포트 존에서 벗어나
성장하는 방법

컴포트 존에서 벗어나 성장하는 세 가지 방법이 다 적용된 예시를 소개한다. 나는 '오, 콘텐츠로 목표 달성했어'라는 뜻의 오콘목달 커뮤니티를 운영한다. 스스로 콘텐츠를 만들어, 그것으로 자신이 원하는 목표를 달성한다는 주제로 형성된 모임이다.

오콘목달에는 1,000명 이상의 수강생이 온라인에 모여 자신의 목표와 성장을 공유한다. 자신에게 어떤 목표가 있는지, 그것을 위해서 무엇을 할 것인지 공표하고, 열심히 노력한 결과로 이뤄낸 변화와 성장을 말하고 서로 격려와 축하를 나눈다.

성장한 사람들은 본인의 구체적인 경험을 공유한다. 나머지 사람들은 이를 보며 동기부여를 받기도 하고, 건강한 자기반성을 하기도 한다. 몇 번을 넘어지다 끝내 성공을 거머쥔 이들을 보며 실패에 대한 관점을 새롭게 바꿔나가기도 한다.

결국 성장을 지켜보던 사람들 또한 그 성공에 못지않은, 혹은 그 이상의 성과를 만들어 내곤 한다. 그런 그들이 꼭 하는 말이 있다. '다른 분들에게 자극받지 않았다면, 커뮤니티의 도움이 없었다면 불가능했을 거예요.'

그렇다. 사람은 철저히 환경의 영향을 받는다. 그렇기에 당신도, 당신을 뜨겁게 자극하는 환경으로 저벅저벅 걸어 들어가길 바란다. 들어가기만 해도 사고방식과 행동양식이 변하게 될 테니까.

보이지 않던 것들이 보이기 시작할 때

2022년은 새로운 시도를 하고 그 과정에서 큰 변화와 성장을 경험한 특별한 해였다. 콘텐츠 강의를 통해 무려 1만 5천 명의 수강생에게 사랑을 받았고 강의 매출은 45억을 훌쩍 넘겼다. 네이버나 CGV, 두나무 등 한국을 대표하는 대기업에서 러브콜이 쏟아졌다. 다양한 프로젝트들을 연이어 진행하게 되었고 대형 출판사들의 출간 제의를 받으며 꿈꿔 왔던 출판사와 책을 집필하게 됐다.

짧은 기간 동안 일어난 놀라운 변화에 대한 인터뷰 요청도 많았다. 인터뷰어들은 모두 내게 물었다.

"강의가 이렇게 잘될 것을 시작 전부터 예상하셨나요?"

그들은 '자신 있었다'는 대답을 기대한 듯 보였다.

"제게 강의할 자격이 없다고 생각해서

강의 요청을 거절한 기간이 반년 이상이었어요."

나의 대답에 모두가 깜짝 놀랐다.

무언가를 시작할 때 나는 스스로가 부족하다는 인식이 강하다. 자격에 대한 자기 검열을 강도 높게 하는 성격 때문이다. 강의를 시작할 때도 마찬가지였다. 내가 가진 높은 기준에 비해 현재 나의 수준은 한참 낮다고 느꼈다. 그래서 누군가를 가르치기에는 아직 자격이 부족하다며 스스로에게 제동을 걸어왔다. 그런 나를 움직인 말은 딱 한 마디였다.

"당신만큼만 하고 싶다고 생각하는 사람,

그 한 사람만 생각하며 준비해 봐요."

책《내 운명은 고객이 결정한다》의 저자이자 컨설턴트이신 나의 멘토 박종윤 선생님은 내게 진심을 담아 말씀하셨다. 이제 엄격한 자기 검열은 그만두고, 그저 지금까지의 경험을 알려주고 싶은 '딱 한 사람'만 생각하며 강의를 준비해보면 좋겠다고. 나는 세상에 줄 수 있는 것이 참 많은 사람이라고. 그분의 말씀에 마음을 고쳐먹고 정성스럽게 교안을 준비했다.

처음에는 아주 작게 시작했다. 자그마한 회의실에서 수강생 8분과 조촐하게 진행한 첫 수업. 참석하신 분들은 첫 강의가 끝나고 크게 감동받았다고 하시며 앵콜 강의를 요청하셨다. 그분들이 주변에 적극적으로 추천해 주신 덕분에 8명으로 시작한 강의는 다음 회차에 16명, 그다음 회차에 35명이 되었다. 그 뒤로는 수업을 열자마자 모든 자리가 매진되는 기적 같은 일이 스무 번 넘게 벌어졌고, 그 기적은 현재까지도 이어지고 있다.

만약 내가 엄격한 자기검열을 계속하며 강의를 끝까지 고

사했다면 어떻게 되었을까? 수많은 감사한 에피소드들과 극적인 변화들이 내 삶과 수강생분들의 삶 속에 나타나지 않았을 것이다.

돌아보면, 삶의 변곡점에 해당되는 사건들은 내 생각이나 계획 속 시나리오와 매우 다르게 펼쳐지며 나의 삶을 구성해 왔다. 예상보다 훨씬 더 놀라운 결과가 나온 사건도 있었고 정말 좋은 결과를 예상하며 자신감 넘치게 준비했지만 뜻밖의 어려움과 큰 난관에 봉착하는 사건들도 참 많았다. 흥미로운 사실은, **결과가 예상대로 좋았을 때도, 예상보다 더 좋았을 때도, 혹은 예상과 다르게 펼쳐져 실망스러웠을 때조차도, 나는 그 사건들을 통해 깨닫고, 성장하고, 성숙해졌다는 것이다.**

내가 어떤 사람인지, 무엇을 할 수 있는 사람인지, 무엇을 특별히 더 잘하는 사람인지, 어떤 부분에 취약한지 혹은 개발이 더 필요한지, 사람들과 더불어 있을 때 어떤 다채로운 모습들이 나타나는지 등은 도전하지 않을 땐 알 수 없었다.

겪어 본 만큼 스스로를 알게 됐고, 깨닫고, 성장했고 그 위에서 또 다른 새로운 성장의 발판을 마련할 수 있었다.

머릿속에서 그림은 그리고 있지만 움직이지 않고 있는 주제가 있다면, 가능성을 제한하는 생각 때문에 스스로 멈춰 세우고 있다면, 이제 브레이크에서 발을 떼어 보자. 시작하지 않으면 아무 일도 벌어지지 않는다. 새로운 시도, 새로운 경험 없이는 새로운 기회 또한 다가올 수 없으니 한 발짝만 앞으로 내디뎌 보자.

만일 결과가 기대했던 바가 아닐지라도, 그 경험을 통해 자신을 발견하고, 문제 해결 능력을 기르고, 도전했다는 사실 자체에서 자존감과 자신감이 올라가고, 그 가운데에서 소중한 인연들까지 만날 수 있을 것이다. **시작의 가치는 시작 자체로 이미 충분하다.**

머뭇거리는 마음이 들 때
시작할 힘을 주는 문장

시작하기에 가장 완벽한 곳은 바로 지금 당신이 있는 그곳이다. - 다이터 F. 우흐트도르프

첫걸음을 내딛고 시도하지 않으면 당신이 어떤 것을 할 수 있는지 결코 알 수 없다. - 타마라 로우

믿음을 가지고 한 발을 내딛어라. 계단 전체를 볼 필요는 없다. 그저 당신이 내디뎌야 할 그 계단에만 집중하라. - 마틴 루터 킹 주니어

시작하라! 그 자체가 천재성이고 힘이며 마력이다! - 요한 볼프강 폰 괴테

잘될 수밖에 없는 사람들의 특징

"시험 잘 봐서 명문대에 합격해야지. 그래야 대기업에 취직하지. 거기서 열심히 직장생활을 해서 임원으로 승진하면 고액 연봉을 받을 수 있어. 그런 삶이 멋지고 이상적이야." 어른들의 '옛' 이야기다. '옛'이라는 접미사가 붙은 이유는 요즘 청년들은 매우 다른 이야기를 하고 있기 때문이다.

최근 취업 플랫폼 '잡코리아'에서는 1981년생부터 2012년생으로 이뤄진 MZ세대 직장인 1,114명을 대상으로 회사 생활 목표와 관련해 설문조사를 했다. 그 결과, 응답자의 절반 이상인 54.8%가 '임원 승진 생각이 없다'고 답했다. '임원'은 더 이상 지금 세대의 최종 목표가 아니었다.

임원뿐만 아니라, '학벌'도 더 이상 지향점이 아닌 것 같다. 학벌을 보지 않는 기업 문화가 급속도로 번지고 있다. 한국의 초대형 IT기업인 카카오는 개발자를 채용할 때 1차 서류 전형에 딱 '네 줄'만 적게 한다. 이름, 이메일, 전화번호, 지원 부서다. 출신 학교나 학점, 영어 점수나 자격증은 기재할 필요가 없다. 10초면 입사 지원이 가능하다는 말이 나올 정도다. 대신 두 차례에 걸쳐 코딩 테스트를 받는다. 학력보다는 실무 능력을 중점으로 보고 인재를 채용하는 것이다.

이것뿐일까? '대기업'도 더 이상 멋진 삶의 척도가 아닌 듯하다. 요즘 아이들에게 장래 희망을 물으면 과거에는 존재하지 않았던 새로운 직업들이 참 많이도 쏟아져 나온다. 유튜버, 인플루언서, 뷰티디자이너, 웹툰 작가 등 과거에는 순위에 없거나 존재하지 않았던 직업들이 열 손가락 안에 꼽히는 유망 직종이 되었다.

이토록 크게 달라진 상황과 사회 분위기는 우리에게 무엇을 시사하고 있을까? 바로, **새로운 판에 새롭게 적응할 필요가 있다**는 것이다. 전과는 다르게 세상을 바라보아야 하고, 전과는 다르게 자신이 가지고 있는 재료들을 바라보아야 한다.

교육신경과학 분야의 선도적인 사상가이자 하버드 교육대학원의 교수인 토드 로즈는 책《다크호스》에서 이 '새로운 판'에 대해 말한다. **표준화 시대는 가고, '개인화 시대'가 왔다고.**

그와 하버드 연구팀은 넷플릭스, 유튜브, 인스타그램, 아마존 등 사람들이 많은 시간을 보내는 매체들과 서비스들이, 이제는 '개인'의 상황에 맞는 제품과 서비스와 정보를 제공하고 있고, 이는 사회와 산업에 영향을 줄 뿐만 아니라 우리의 직업이나 직업관에도 연쇄적으로 변화를 일으킨다고 말했다.

즉, 일정한 진로 코스에 따라 그저 사다리를 한 칸 한 칸

밟고 올라가서 부와 지위를 획득하는 것만이 성공으로 여겨지는 획일화된 시대는 끝났다는 것이다. 각자가 가진 고유성을 무시한 채 하나의 목적지를 향해 달리는 것만으로는 성공을 보장받을 수 없는 시대가 되었다.

그렇다면 판이 뒤집어진 세상에서 우리는 어떻게 대처해야 할까? 토드 로즈 교수는 바뀐 판 위에서 '규칙을 깨고 놀라운 성과를 낸 사람'들을 다양하게 연구하며 그 답을 찾으려고 했다. 오페라 가수, 개 조련사, 헤어디자이너, 플로리스트, 외교관, 소믈리에, 목수, 인형극 공연가, 건축가, 시체 방부 처리사, 그랜드 마스터급 체스 선수, 조산사 등 유별난 내력의 대가들과 인터뷰를 진행했으며, 그들의 본질적인 공통점을 찾아냈다.

토드 로즈 교수는 이들, 보편적인 성공 루틴에서 벗어나 크게 성공을 거둔 비범한 능력자들을 '다크호스'라 칭했는데, **다크호스들은 모두 '개개인성'을 활용해 내면의 충족감을 추구하고 있었다.** 그들은 스스로에게 끊임없이 물었다고 한다.

'나의 가장 진실한 열망과 바람이 무엇이지?'

그들에게 성공은 사회에서 제시하는 돈, 명예, 지위, 권력의 꼭대기가 아니었다. 자신이 가장 관심 있어 하고 가장 사랑하는 일을 점점 더 잘하는 것이 그들의 성공이었다. 내면의 동기를 다른 어떤 외부 동기보다 더 중요하게 여기며 나아간 그들은 점점 더 탁월해졌고, 열정과 진정성, 성취감으로 충만한 삶을 만들어 갔다. 다시 그 충만한 삶은, 앞으로 나아갈 원동력이 되어 선순환을 이루었다.

실제로 내가 현장에서 만난 한국의 다크호스들도 그랬다. 그들과 대화를 나누어 보면, 자신이 하는 일을 진심으로 사랑했고 자신의 제품이나 서비스를 이용하는 고객을 위하는 마음으로 내면의 소리에 귀를 기울이며 최선을 다해 진정성 있게 일하고 있었다. 그들은 하루하루 충실하게 마음 안의 동기를 따라 나아갔고, 그 과정에서 두드러질 정도로 탁월해졌다.

우리는 점점 더 많은 미디어에 노출되고 있고, 그에 따라 접하는 정보도 우후죽순 늘어나고 있다. 서로의 경계가 얄 아져 주변 사람들에게 더 크게 영향을 받는다. 자신만 뒤처 지는 것 같아 불안한 건 개인만의 일이 아닌 분명한 사회적 트렌드다. 그렇지만 그 불안함에 잠식당해 그저 다수의 답 인 사회의 정답을 따를 필요는 없다. 그 답은 한시적이기 때 문이다. 변화가 빠른 시기이기에 어제의 답은 오늘의 답이 아니다.

사회적 기준을 따라가지 못하는 것만 같아 불안할 때면 외부로 향해 있는 시선을 나의 내면으로 돌려보자. 그리고 자신에게 무엇을 원하는지 묻자. 자신의 고유성을 인정하며, 자신만의 목표를 점검해 보고, 하나씩 성취해 나가 보자. 그 렇게 점점 탁월하고 우수해지는 다크호스가 되자. 그 과정 에서 드러나는 당신의 진심은, 새로운 세상에서 당신을 탁월 하게 돋보이게 할 것이다.

틀을 깨는 비범한 승자인
다크호스의 특징

♠ 개별성

다크호스는 자신만의 독특한 능력과 잠재력에 주목한다. 그들은 다른 사람들과 자신을 비교하거나, 표준화된 규칙에 따라 자신을 제한하지 않는다. 자신의 재능과 성향에 맞춰 개별적이고 고유한 길을 간다.

♠ 잠재력과 탄력성

다크호스는 자신이 가진 잠재력을 최대한 발휘하는 데 집중한다. 또한 변화하는 환경에 탄력적으로 대처하는 데 능하여, 새로운 상황에서도 잘 적응하고 성장해 더 나은 결과를 이끌어 낸다.

♠ 소신

다크호스는 자기 능력과 가치를 잘 안다. 그들은 다른 사람들의 기대나 사회적 압박에 휘둘리지 않으며, 자신의 결정에 자신감이 있다.

♠ 유연성과 용기

다크호스는 자신의 관습적인 직업이나 역할을 벗어나 새로운 도전과 기회를 받아들일 용기를 지녔다. 그들은 혁신적인 생각과 유연한 태도를 가지고 새로운 길을 개척한다.

♠ 자기 주도성

다크호스는 자신만의 목표와 비전을 가지고 주도적으로 삶을 설계한다. 그들은 자신의 가치와 관심사에 맞는 일을 추구하고, 높은 목표를 향해 끊임없이 노력한다.

이루고 싶은 게 있다면 이것부터

마음이 무척 분주해지는 시기가 있다. 중요한 시험을 앞두었거나 큰 프로젝트를 맡았을 때, 큰 발표나 강연을 앞둘 때면 긴장하며 굳게 다짐하곤 했다.

"이 일은 정말 중요하니까 최선을 다해서 해내자."
"다른 거 할 시간이 없어. 몰입하고 집중해야 해."

이렇게 정신을 무장해야 하는 시기가 오면, 시간이 없다며 휴식을 충분히 하지 않는 것은 물론, 규칙적인 식사도 운동도 모두 뒷전이 되곤 했다.

이 전략이 과연 현명하고 지혜로운 선택이었을까?

'정신만 바짝 차리면 어떤 역경도 극복할 수 있다'는 격언은 경험에 비추어 보면 틀린 말이었다. 마음은 물론 몸까지 모두 갈아 넣으며 하나의 일에 몰두하는 것은, 결코 현명한 일이 아니었다. 지혜롭지도 않았고 오히려 위험했다. 그 끝은 결국 정서적 탈진과 소진인 '번아웃burnout' 상태였기 때문이다.

무기력해지고 의욕이 상실됐다. 때로는 불안하고 우울해졌다. 과하게 몰두했더니, 오히려 가볍게 생각하고 시도한 일보다 나쁜 결과가 나오기도 했다. 노력한 만큼 나오지 않는 결과에 피로감은 더해갔다.

알고 보니, 번아웃 증상은 나만의 이야기가 아니었다. 과거에 사람들이 하던 생각처럼 '조직 부적응자'의 이야기도 아니었다.

2021년 인쿠르트 조사 결과에 따르면, 한국 직장인의 절반 이상인 64.1퍼센트가 번아웃을 경험했다고 한다. 성과가 좋다고 번아웃에 시달리지 않는 건 아니었다. 연봉과 복지가 모두 상위급인 회사에 다니고 성과를 잘 내는 사람에게도 번아웃은 어김없이 찾아왔다. 대기업은 물론 중소기업이나 스타트업 직장인에게도 마찬가지였다. 의욕 저하와 싫증, 심리적 탈진 상태가 심각한 사회의 문제가 되어 있는 상황이었다.

사회적으로 만연한 번아웃 상태에서 벗어나려면, 건강하고 활기차게 살아가려면, 우리는 어떤 부분을 신경 써서 돌보아야 할까?

이 질문에 대부분의 사람들은 '정신력'을 강하게 만들어야 한다고 대답한다. 작은 일부터 도전해서 효용감을 올리고, 지나친 경쟁에서 벗어나기 위해 비교 대상을 남이 아닌 자신으로 바꾸고, 부정적인 사고 방향을 긍정적인 사고 방향으로 바꾸고, 스트레스를 받는 정신적인 요인을 찾아 그것을 해결해야 한다고 말한다.

그런데 그들이 간과하는 사실이 있다. 목표 달성까지 우리를 노력하고 버티게 하는 건 '정신력'만이 아니라 그 정신력을 받치고 있는 '체력'이라는 사실이다.

드라마 미생에서 바둑선생은 자신의 제자인 장그레에게 말한다.

"이기고 싶다면 고민을 충분히 견뎌줄 몸을 먼저 만들어라. 정신력은 체력 없이는 구호밖에 안 된다."

정신력은 체력에서 나온다. 체력이 약해지면 편안함이나 쉬운 것들을 빨리 찾게 되고, 그러면 정신력(인내심)이 떨어진다. 그 피로감을 견디지 못하면 성과 따위는 상관없는 지경에 이르게 된다.

즉, 몸을 소홀히 다뤄 체력이 소진되면 정신력 또한 약해지고 만다. 그러니 정신만 바짝 차리면 된다고 말할 게 아니라 그 정신력을 발휘하기 위한 몸을 먼저 관리해야 한다는 것이다.

체력을 기르기 위해 가장 기본이 되는 방법에는 무엇이 있을까? 찾아보니 의사, 심리학자, 한의사 등 각 분야 전문가가 공통으로 조언한 방법들이 있었다. 이 중에서 내가 바쁜 일상 가운데 실천해 본 결과, 삶 속에서 강력하게 작동했던 방법들을 공유해 보겠다.

아침 식사를 꼭 할 것

전문가들은 지치지 않는 체력을 만드는 법으로 '꼭 아침 식사를 한 뒤에 하루를 시작하라'고 입을 모아 말한다. 충분한 영양소를 공급함으로써 에너지를 제대로 사용하게 하기 위함이다. 가능한 밥과 반찬, 야채(특히 쌈채소)로 챙겨서 먹는 것이 좋다.

충분한 수분 섭취를 할 것

수분 섭취량이 2%만 감소해도 에너지 수치가 20% 낮아질 수 있다고 한다. 현기증이나 가벼운 두통, 피로감이 생길 수도 있다. 불필요한 에너지를 쓰게 하는 냉수보다는 온수로 챙겨 마시고, 이뇨 작용이 있는 음료나 커피 말고 물을 마신다.

30분이라도 운동할 것

운동을 하면 노폐물이 배출되고 체온이 높아져 면역력이 올라간다. 스트레스가 줄어드는 효과도 있다. 산책 같은 가벼운 유산소 운동이나 스트레칭, 스쿼트 등 자신이 할 수 있는 운동을 살짝 땀이 날 정도까지 해 준다.

바른 자세를 유지할 것

자세가 흐트러지면 특정 부위에만 부담이 가해진다. 이로 인해 근육과 인대가 긴장하면 피로감이 심해져 번아웃이 더 심해진다. 반면 바른 자세를 유지하면 부교감 신경이 활성화되어 스트레스에 더욱 잘 대응하게 된다.

몸을 편안하게 이완시킬 것

긴장된 몸은 스트레스를 불러온다. 호흡으로 몸을 편안하게 이완시키자. 배에 힘이 들어갔거나 목과 어깨가 경직되어

있다면 숨을 마시고 내쉬면서 의도적으로 긴장도를 낮추어
본다.

별것 아닌 것 같은 이 활동들이 체력을 강화하는 핵심이
다. 거꾸로 말하면 이를 무시하고 정반대로 살면 체력이 극
심하게 떨어진다는 말이다. 체력이 떨어지는 만큼 정신력도
약해지기에, 금세 번아웃에 빠지고 말 것이다.

이루고 싶은 게 있다면 체력을 먼저 기르자. 그렇게 몸을
소중히 다루다 보면 어느덧 정신력이 강해지고, 번아웃도 피
해갈 수 있을 것이다.

Blooming

나도 모르게 나를 좀먹는
번아웃 체크 리스트

☐ 퇴근하거나 일을 마쳤을 때 완전히 지쳐 있다

☐ 아침에 눈을 떠서 출근 생각을 하면 피곤하다

☐ 업무를 할 때 항상 긴장한다

☐ 일할 때 무기력하고 싫증이 난다

☐ 일할 때 소극적이고 방어적이 된다

☐ 자꾸 실수할 것 같고 자신감이 떨어진다

☐ 최근 들어 불안과 짜증이 늘고 여유가 없어졌다

※ 체크리스트 중 3개 이상에 해당되면 번아웃 증후군을 의심해 보라.

정신적 대처법도 알고 싶다면

📖 《우린 조금 지쳤다》(박종석, 포르체)

📖 《회복탄력성》(김주환, 위즈덤하우스)

▶️ 〈서울대학교병원 강남센터〉 채널의 '윤대현 교수의 힐링 처방전'

나만 뒤처진 것처럼 느껴질 때

"은환 님, 저만 뒤처진 기분이 들어요. 친구들이나 주변 사람들은 다 진도를 척척 잘 나가고 끝없이 성장하는 것 같은데, 저만 제자리를 빙빙 도는 것 같아서 너무 위축되고 우울해요. 어쩜 좋죠? 이게 비교 지옥인 거죠? 너무 괴롭습니다."

내가 자주 받는 Top 3 질문이다. 비교하고 싶지 않은데 자꾸만 주변 사람들과 비교하게 되어서 너무 힘들고 괴롭다는 것이다.

누구나 자신이 속한 작은 사회 안에서 비교하기 마련이

다. 나 또한 '비교 지옥'에서 자유롭지 못한 시간이 길었다. 대학교에 다니던 시절, 주변을 둘러보면 나보다 실력이 뛰어나다고 느껴지거나, 이미 이룬 것이 많다고 느껴지거나, 환경이 더 유리해서 부러운 친구나 선배, 후배들이 가득했다. 늘 비교가 삶을 파고드니 마냥 괴로웠고 이대로 두면 안 되겠다는 생각이 들었다. 그래서 비교하는 마음이 나를 건드릴 때 효과적으로 대응하는 네 가지 해결책을 마련하게 되었다.

1. 비교는 반가운 '자극'이다

우리는 모든 것에 자극받지는 않는다. 톰 크루즈나 레오나르도 디카프리오와 같은 세계 최고의 영화배우가 최근에 찍은 작품의 엄청난 흥행으로 수천억을 벌게 되었다는 소식을 들었다고 생각해 보자. 비교 때문에 우울해지거나, 몇 날 며칠을 마음고생하며 열등감을 느끼겠는가? 그렇지 않을 것이다. 비교로 인한 고통은 대개 '나와 비슷한 수준'이라고 느낀 누군가가 현격히 더 좋은 경험을 하고 있음을 알게 될 때 찾아온다. 예를 들어, 어제까지 나랑 비슷한 성적이던 친구가 갑자기 성적이 오르면 신경이 쓰이는 것처럼 말이다.

이 사실을 알게 된 이후, 나는 비교하는 마음을 '나의 열정과 욕구가 무엇에 반응하는지'를 알려주는 시그널로 사용한다. 그리고 자극에 대한 반응을 둘 중 하나로 단순화했다. 자극이 오면 고통스러워하기보다 '어떻게 했을까? 나도 한번 방법을 알아볼까?' 하며 성장하기 위해 적극적으로 대응하거나, '알아도 그렇게는 안 할 거잖아. 에너지 쓰지 말자' 하며 관심을 끄는 것이다.

2. 왜곡된 시점을 보정한다

"내가 부러워하는 누군가의 하이라이트는 그의 누적된 노력에 의한 것이다." 이 사실을 언제나 기억하려고 노력하며 시점 보정에 들어간다. 누군가의 하이라이트와 나의 비하인드신을 비교하지 않는 것이다.

사람들은, 누군가의 빛나는 현재 모습과 자신의 초라하게 느껴지는 현재 모습을 그대로 비교하는 경향이 있다. 그러나 반드시 시점 보정이 필요하다. 그의 현재가 아닌, 그가 노력해 온 과거를 보아야 한다. 그렇게 하지 않고 누군가가 5년 동안 꾸준히 노력해서 이룬 성취를, 시작한 지 겨우 5주도 되지 않은 자신의 성취와 비교하며 배 아파하는 건 합리적이지 않다. 누군가가 밀도 높게 집중한 결과로 얻은 것을, 고작 시작 단계에서 얻지 못한다고 불평하는 건 욕심이다. 그렇기에 우리는 부러운 누군가를 볼 때, 반드시 왜곡된 시점을 보정해야 하고 상대와 같은 성취를 이루고 싶다면 그에 준하는 노력을 할 각오를 해야 한다.

3. 비교는 고차원으로 한다

'친구는 열심히 일하며 돈을 많이 벌고 있고, 나는 아이를 낳고 돈을 못 벌고 있다.' 이 생각은 내가 아이를 막 낳았을 때 실제로 했던 비교다. 상대방의 통장에는 일한 만큼 잔고가 쌓이는데, 나는 아이를 보느라 일을 못 하니 돈을 벌지도 못 할 뿐만 아니라 육아로 인해 잔고가 점점 더 줄어든다고 생각했다. 이렇게 1차원적으로 '돈'만 놓고 비교하니, 임신과 출산, 육아의 과정이 모두 슬퍼졌다.

돈뿐만 아니다. 어떤 것이든 자신에게 아쉬운 단 하나의 항목으로 비교하면 삶 전체가 슬퍼진다. 인생은 결코 1차원으로 구성된 단순한 것이 아님을 기억할 필요가 있다. '돈과 바꿀 수 없는 행복'이라는 말이 있듯, 단순히 한 가지 차원에 있어서 누군가가 우위이고, 누군가가 열위라며 인생의 성패를 가릴 수 없고, 그렇게 해서도 안 된다. '1차원적 비교', '저차원적 비교'를 하며 비교 지옥에 빠지지 않기 위해서는 보다 높은 수준의 비교를 해야 한다.

마치 평면에서 입체로 이동하는 것처럼 고차원으로 이동해서 보면, 입체적으로 사고하게 되고 조망권이 넓어진다. 시간과 공간을 뛰어넘는 해석이 가능해지며 이로 인해 비교의 늪에서 빠져나가게 된다.

4. 이미 가졌다고 가정해 본다

위에서 언급한 모든 노력을 다 기울여 봐도 해결되지 않는 욕망이 있을 수 있다. 나에게는 오래도록 사라지지 않는 부러움이 있었다. 영어를 굉장히 잘하는 친구들에 대한 마음이었는데, 그들은 어려서부터 영어권 국가에서 살아서 영어가 아주 편안했다. 무엇을 하든 그들에게는 기회가 더 많아 보였고, 속해 있는 세계도 더 넓어 보였다. 나보다 훨씬 재미 있는 세상에 사는 듯한 그들에 대한 부러움은 쉽게 사라지 지 않았다.

그 부러움이 나를 더 이상 괴롭히지 못하도록 만드는 좋은 방법은, '이미 가졌다 치자'고 생각해 보는 것이다. '영어를 내가 완벽하게 구사한다고 치자.' 그러면 뭐가 달라질까? 그럼에도 불구하고 삶의 시간표에 따라 해야 할 일들은 줄줄이 따라온다. 영어가 완벽하다고 해도, 여전히 무수한 일들에 탁월해지기 위한 각고의 노력이 필요하다. 영어는 그저 하나의 언어일 뿐인 것이다.

다른 부러운 것들도 마찬가지였다. 부러운 누군가가 하버드 대학을 나왔다고 치자. 여전히 인생을 개척해 나가야 할 것이다. 돈이 많다 치자. 돈이 아주 많은 그들조차도 여전히 목마르다며 그다음 욕심 나는 주제를 고민하며 목표를 설정하고 달릴 것이다. 그러니, **그 부러워하던 것이 내 것이 된다**

고 해도, 여전히 정성스럽게 가꾸어 나가야 하는 일들이 눈앞에 주어진 것은 마찬가지니 자신이 못 가진 데서 오는 우울감에 오랫동안 빠져 있는 건 큰 손해다.

네 가지 방법으로 비교하는 마음을 다루게 되니 삶에 있어서 비교가 오히려 요긴한 역할을 해 주었다. 현실에 안주하지 않고 움직이게 하는 시동 장치가 되어 주었고, 어디까지 가고 싶은지를 마음속에서 확인하게 하는 신호가 되어 주기도 했다. 공평하고 정당하게 비교하겠다고 시점 보정과 차원 보정에 들어가니, 그 과정에서 내가 무엇을 해야 옳은지 혹은 지금 하고 있는 순서가 맞는지를 점검하게 도와주는 도구가 되어 줬다.

앞으로도 비교에서 완전히 자유로울 수는 없을 것이다. 미디어가 늘 우리를 자극하는 세상에 살고 있다 보니 비교하려는 마음은 오히려 더 커질 테다. 그럼에도 불구하고, 그 자극들에 건강하게 대응하며 끊임없이 멋지게 성장하는 내가 되어야겠다. 당신에게도 비교가 건강한 자극이 되길 바란다.

마음속 고장 난 스프링 고치기

삶에 변화를 주고 싶다. 지금처럼 살면 미래가 달라지지 않는다. 원하는 미래를 현실로 만들기 위해서는 이제 실행해야 할 때라는 것을 확실히 안다…. 그런데 왜 나는 멈춰 있는 걸까?

이런 현상은 대표적으로 다이어트에서 자주 나타난다. 분명 '오늘부터 다이어트 해야지' 하고 결심하지만, 여전히 물 대신 음료수를 마시고, 옆 사람이 건넨 디저트를 거절하지 못하고, 저녁 식사까지 무겁고 든든하게 먹는다. 이해되지 않는다. 조금 어렵지만 꼭 해 보고 싶다고 생각했던 프로젝트에 착수할 때도 비슷한 현상이 일어난다. 영상 편집을 새로 배워서 인스타도 올리고, 유튜브 영상도 만들어 보겠다고 결심하지만 역시 꾸준히 실행에 옮기기는 마음처럼 쉽지 않다.

변화는 도대체 왜 이렇게 어려운 걸까? 변화를 선도하는 전 세계 500대 리더 중 한 명인 제이슨 위맥은, 그의 책《의욕의 기술》에서 우리가 변하지 못하는 이유를 한 문장으로 설명한다.

"타성에 젖어서 고장 난 '마음속 스프링'이

우리를 붙잡고 있기 때문이다."

우리의 마음속 고장 난 스프링은 이러한 생각들로 이루어져 있다.

'아직 엄청나게 절망적이진 않아'라며 현실에 적당히 안주하려는

생각

'예전에 시도해 봤는데 잘 안되더라고' 하는 과거의 실패에 대한 기억

변화를 시작하기 위해서는 마음속 고장 난 스프링을 하나씩 고쳐야 한다. 다시 탄성이 생겨 힘차게 앞으로 튀어 나갈 수 있도록.

'아직 엄청나게 절망적이지 않아'라는 고장 난 스프링은 현재에 안주하는 마음이다. 이를 고치기 위해서는 정반대로 생각해야 한다. 현실에 안주하지 말아야 한다. 변하고 싶다는 마음이 들었다면 이미 현실에 불만족했다는 것이며, 직감적으로 변화의 필요성을 느낀 것이다. 다만 도전이 귀찮거나 두려워서 '현재도 나쁘지 않아' 하며 합리화해 버린 것이다. 이를 깨닫고 초심을 기억해야 한다.

'시도했다가 또 실패할라. 그냥 하지 말자', '이번에는 해낼 수 있을까? 자신 없다'와 같이 과거의 실패를 자꾸만 기억해 내는 고장 난 마음속 스프링 또한 반대로 꺾어주어야 한다. 우리는 자신의 능력을 믿고 미래를 기대하며 나아가기를 선택함으로써 고장 난 스프링을 고칠 수 있다. 자기 확신이 생기면 자꾸만 망설이는 태도를 바꿀 수 있다.

그렇게 마음속 스프링에 탄성이 생겼다면? 변화를 시작했다면 이제 다음 스텝이다. 지속은 시작만큼이나 중요하다.

서울대학교 황농문 교수는 말한다. **"변화를 지속하기 위해서는 과정에 '몰입'하는 행위가 무척 중요하다"**고. 사람이 무언가에 몰입하게 되면 본인의 최대 기량을 끌어내게 된다. 그 사람이 이뤄낼 수 있는 최고의 결과를 맛보게 될 뿐만 아니라 몰입 그 자체가 성취감과 만족감을 준다. 행복감을 느끼게 하는 것이다. 좋은 결과와 행복감. 이 두 결과는 행동을 지속할 동기부여가 되어 변화는 꾸준히 지속된다.

황농문 교수의 말에 따르면, 몰입에는 '도전'이 필요하다고 한다. 혼신을 다해야 이길 수 있는 시험대가 필요한 것이다. 이러한 환경이 주어졌을 때, 우리는 자신이 발휘할 수 있는 최선을 발휘하게 되고 응전 상태가 최고조에 다다랐을 때 몰입의 행복감을 느낄 수 있다.

변화를 지속하기 위해 몰입하고 싶다면 가장 먼저 해야 하는 것은 '몰입의 대상을 정하는 것'이다. 한 번에 여러 대상에 몰입하는 게 아니라 대상 하나를 선택해서 진득하게 몰입해야 한다. 실제 삶에서 여러 가지 역할과 여러 상황, 과업들이 혼재되어 있을지라도, 몰입의 상태로 들어갈 때는 대상을 명확히 한 후 1초도 쉬지 않고 그 대상에 온전히 집중하는 결단이 필요하다.

예를 들어, '글 쓰는 일'에 몰입한다면, 글 쓰는 것에만 온전히 집중해야지 중간에 스마트폰도 하다가 카카오톡으로 대화도 좀 했다가 인터넷 검색도 했다가 왔다 갔다 해서는 몰입 상태로 들어갈 수가 없다. '두 마리 토끼를 쫓으면 두 마리 토끼를 다 잡지 못한다'는 속담은 이 상황에 딱 어울린다.

몰입에 실패하는 사람들은 '언제나' 균형 잡힌 삶을 살고 싶어 한다. 예를 들어, 회사에서는 집안일을 생각하고, 집안

일을 하면서는 회사 걱정을 한다. 균형이라고 생각할 수 있지만, 이런 균형을 깨고 온전히 고도화된 몰입과 집중을 해낼 때 기적이 일어난다.

내가 집중하고 몰입해야 할 대상이 무엇인지 생각해 보자. 범위를 좁히자. 직장에서의 성취, 사업 확장, 학업, 아이 교육, 결혼 준비 등 범위를 좁히고, 그 안에서 현재 집중해야 할 과업에 대한 목표를 선명하게 설정하자. 온 힘을 다해 집중하기로 한 시간 동안, 몰입의 행복을 충분히 느끼며 성과를 낸 후, 제자리로 돌아와서 다른 과업을 순차적으로 챙기도록 하자.

'시작이 반'이라는 말은 맞다. 그러나 말 그대로 시작은 반쪽짜리에 불과하다. 나머지 반은 지속함으로써 채워가야 한다. 마음속 스프링을 고쳐서 변화를 시작하자. 그렇게 시작하게 됐다면, 이제 하나씩 몰입해서 실제로 해내어 보자. 그럴 때 가장 완벽한 결과가 당신 앞에 나타나게 될 것이다.

잘하는 일 vs 좋아하는 일

잘하는 일로 돈을 잘 벌면서 살까? 좋아하는 일에 도전장을 던지며 적은 돈을 벌더라도 삶의 시간표를 좋아하는 일들로 채워 나가며 살까?

그런데 잠시 상상해 보자. '내가 참 좋아하는 일인데, 나는 그 일을 참 잘한다. 좋아하는 일로 돈도 잘 벌면서 세상에 환영받는다.' 생각만 해도 환상적이지 않은가? 실제로 그렇게 사는 것이 충분히 가능한 세상이 되었다. 어떻게 해야 내가 좋아하면서도 잘하는 일을 하며 살 수 있을까? 행복을 느끼면서 돈도 벌고 사랑도 받는 일을 하는 방법에 대해 이야기해 보자.

둘 중 하나를 선택해야 한다면

사실 '좋아하는 일'과 '잘하는 일'은 양자택일의 문제가 아니다. 우리는 둘의 '교집합'에서 출발해야 한다. 이유는 두 가지다.

첫 번째, 좋아하는데 잘하지 못하면 세상은 당신에게 돈을 주지 않는다. 우리가 누군가에게 비용을 기꺼이 지불하는 건 상대방이 나에게 주는 '가치'가 있기 때문이다. 단순하거나 낮은 수준의 상품이나 서비스에 돈을 냈던 기억을 떠올려 보라. 돈을 내기 꺼려졌을 뿐만 아니라 실수였다며 두 번다시는 사지 않겠다고 이를 갈았을 것이다. 따라서 일로 돈을 벌려면 '전문성을 인정받는 수준'까지 반드시 가겠다는 결심을 해야 한다. 그래야 당신이 만든 가치를 시장에서 인정받을 수 있고 살아남을 수 있다.

교집합을 선택해야 하는 두 번째 이유는 다음과 같다. 잘하는 일이라고 전혀 좋아하지 않는 일을 선택하면 지속할 수 없다는 것이다. **좋아하는 일을 해야 오래 할 수 있고, 오래 해야 잘할 수 있다.** 그래서 잘하기만 하는 일이 아니라 어느 정도는 좋아하는 일을, 좋아하기만 하는 일이 아니라 어느 정도는 잘하는 일을 선택해야 한다. 둘 중 하나라도 배제하면 결코 오래 할 수 없다.

어디에 초점을 더 맞춰야 할까

'많이 좋아하고 적당히 잘한다는 평가를 받는 일'과 '적당히 좋아하고 매우 잘한다는 평가를 받는 일'이 있다고 하자. 이때는 어떤 선택을 하는 게 좋을까?

전 세계 13개국에 매장을 보유하고 연 매출 6천억 원이 넘는 켈리델리의 창업자이자 회장인 켈리 최는 말한다. **"이러한 양자택일의 상황에 놓였다면 더 많이 좋아하는 일을 택하라"**고. 많이 좋아하는 만큼 더 오래 더 꾸준히 하게 되고, 그렇게 몰입하다 보면 점점 더 탁월해진다는 조언이다.

나 또한 내가 하는 일에 있어서, '어느 정도 잘한다'는 평가를 받으면서 이 일을 정말 좋아하는 마음을 원동력 삼아 꾸준히 노력했다. 시간이 흐르면서 '아주 잘한다'고 평가받게 되었고, 경력이 쌓이다 보니 진입장벽이 높게 쳐질 정도로 어려운 수준의 일을 해내게 되었다. 반면, 주변을 살펴보니 많이 좋아하지는 않지만 잘한다는 평가에 의해 혹은 돈이 벌리기 때문에 그만두지 못해서 꾸역꾸역 일을 해내던 사람들은, 편하지만 '공허하다', '삶의 의미를 찾고 싶다', '사는 게 재미없다'는 불만을 토로했다.

많이 좋아하지만 어느 정도만 잘하는 일이 있을 때, 그 수준을 폭발적으로 끌어올리는 법은 다음과 같다.

❶ 나만의 고객을 선명히 그린다

내가 만들어 놓은 상품이나 서비스에 기꺼이 돈을 지불하고 구매할 대상인 '고객'에 대해 구체적인 묘사를 해 본다. 지피지기면 백전불태라고 했다. 상대를 제대로 알아야 그의 마음을 사로잡을 수 있다. 나의 경우에는 내 고객을 다음같이 정의한다. 실력 있고, 자기 일에 진심이고, 그렇기에 세상으로부터 진정성을 인정받았으나 온라인에는 그러한 자신의 삶과 업에 대해 표현한 적이 없거나, 표현할 줄 몰라서 헤매던 사람.

❷ 고객의 필요를 정의한다

그다음, 내 고객이 해결하고 싶어 하는 문제가 무엇인지 살펴본다. 그리고 그 문제를 해결하려면 자신이 어떤 상품이나 서비스를 제공해야 할지 생각한다. 나는 온라인 콘텐츠와 관련된 고객들의 문제를 해결해 주려고 했다. '온라인 콘텐츠를 만든다면 어떤 플랫폼을 이용해야 할까? 결정하기 어렵다', '어떻게 해야 내 콘텐츠가 좋은 반응을 받을까?' 등의 문제였다. 나는 이에 대한 답을 담은 약 두 시간가량의 강의를 만들었다. 고객들의 필요는 내가 제공하는 상품과 서비스로 이어졌다.

❸ 잘하는 것으로 고객을 감동하게 한다

자신이 무엇을 잘하는지 찾고 그것을 상품과 서비스에 녹인다. 예를 들어, 나의 강점은 '어려운 개념을 쉽게 설명하는 것', '복잡한 상황을 단순하게 정리한 뒤 우선순위를 정하는 것', '자꾸 위축되어 그만두고 싶을 때 일으켜 세우고 동기부여 하는 것'이다. 이 세 가지 강점은 나의 상품과 서비스에 옷처럼 입혀진다. 이는 나만의 '핵심 가치, 차별화된 역량'이 된다. 당신의 강점도 마찬가지다. 강점을 찾아내어 당신의 상품과 서비스에 녹여내면 당신만의 특별한 무기가 되어 고객들을 감동시킬 것이다.

❹ 나만의 강점이 담긴 일을 널리 알린다

자신만의 강점이 잘 담긴 상품과 서비스를 콘텐츠로 만들어서 온라인에 게시한다. 그러면 이에 동의하고 필요로 하는 사람들이 콘텐츠 중심으로 주변에 모여든다. 반면, 내가 나를 알리지 않으면 그 누구도 나를 알아주지 않는다. 내가 만든 상품과 서비스가 아무리 좋아도 사람들은 그런 게 있는지조차 모른다. 운 좋게 입소문이 나서 퍼질 수는 있지만 정말 드문 일이다.

❺ 앞의 단계들을 꾸준히 정성스럽게 한다

고객을 명확하게 정의하고, 그들이 해결하고 싶어 하는 문제를 파악하고, 문제 해결에 도움을 줄 나의 상품과 서비스를 결정하고, 거기에 강점을 더해 감동을 주는 일. 그리고 그것을 널리 알리는 일. 이 과정들 자체를 마음을 다해 진심으로 한다. 매일 이 일을 더 잘할 수 있도록 새로운 과제들을 자신에게 부여한다. 게임처럼 미션을 해 나간다고 생각하면 더 재미있다.

철학자 알베르 카뮈는 말했다. "노동하지 않으면 삶은 부패한다. 그러나 영혼 없는 노동은 삶을 질식시킨다"고. 무려 삶의 3분의 2를 차지하는 일을, 삶을 질식하게 만드는 도구로 전락시키지 말자. 자신의 능력을 펼치며 행복을 이루는 도구로 일을 사용하길 바란다.

새로운 시작 앞에서 두렵다면

낯선 환경에 놓였을 때, 무언가를 새롭게 시도하거나 도전할 때, 당신은 긴장하는 편인가? 가슴 설레고 재밌어하는 편인가?

주변 사람들에게 물으니, 양쪽의 답변을 다양하게 들을 수 있었다. '설레고 재밌다'고 대답한 사람들은 자신은 불확실성을 즐긴다고 말했다. 그들은 한 번도 가 본 적 없는 나라로 훌쩍 떠나기를 좋아했고, 함께 일해 보지 않은 사람들과 어우러져 새로운 팀으로 일하는 경험이 짜릿하다고 대답했다. 큰 무대 위에서 자신을 마음껏 표현하고 내려올 때면 심장이 터질 듯 기쁘다고 표현하기도 했다.

그 이야기를 들려주는 내내 그들의 얼굴에는 미소가 서려 있었다. 심지어, 미래에는 어디를 여행하고 싶고, 어떤 새로운 도전을 하고 싶으며, 어떤 새로운 일을 해 보고 싶은지를 기대에 가득 찬 얼굴로 말해 주었다. 그들은 새로운 자극을 무척 즐기는 편이었다.

그런데 낯선 시작 앞에서 두려움을 느끼지 않고 좋아하는 사람은 소수였다. 대부분의 사람들은 자신은 '긴장하는 편'이라고 대답했다. 그들은 낯선 환경에서 새로운 무언가를 할 때면 긴장되고 혹여나 실패할까 봐 걱정과 불안이 크다고 했다.

그들과 마찬가지로, 나 또한 새로운 변화 앞에서는 두려움을 느끼는 성격이었다. '못 할 것 같은데…', '자신 없는데…'라고 생각하며 새로운 시작을 앞두고는 필요 이상으로 두려워했다. 시작도 전에 위축이 되니 한 걸음조차 떼기 어려웠고,

망설임은 스트레스가 되었다. 어찌어찌 시작하더라도, 긴장해서 작은 실수라도 하면 심하게 위축이 돼서 내가 가진 역량을 제대로 발휘하지 못했다. 이는 더 큰 스트레스로 다가왔다.

그래서 나는 두려워하는 마음을 잘 다루려고 부단히도 노력해 왔다. 결국 다 마음의 문제이니. '어떻게 하면 긴장하기보다 유연하게, 자신감 있게, 어떤 순간에도 당당하게 내 앞에 닥친 문제들을 바라볼 수 있을까? 그리고 멋지게 잘 대처할 수 있을까?'를 물으며 수도 없이 고민했다.

그러다 쉽게 적용할 수 있고 효과도 좋은 방법을 알게 되었다. 철학자와 현인들의 책에서 발견한 하나의 조언이었다. 나는 새로운 도전을 앞두거나 낯선 환경 앞에서 긴장할 때면 늘 이 문장을 떠올린다.

'하나의 새로운 게임을 시작한다고 생각하라.'

게임에는 주인공이 존재한다. 그리고 그 주인공이 극복해야 하는 '장애물'이 계속해서 등장한다. 이를 이겨내지 못하면 생명이 줄거나 목숨을 잃고, 반대로 극복해 내면 경험치와 아이템 등의 소소한 보상이나 혹은 미션 클리어라는 커다란 보상을 얻는다. 즉, 게임은 일종의 '새로운 도전'을 해 나가는 과정이다.

그런데 왜 일상생활에서의 도전과는 달리, 게임을 할 때는 극도의 긴장이나 스트레스보다 즐거움이 큰 걸까? 이유는 실패에 대한 해석, '유연함'에 있었다. 우리는 게임을 할 때, 중간에 가다가 쓰러지면 '다시 하면 되지 뭐. 판을 깰 때까지 하자! 다음에는 다른 전략을 써야지! 될 때까지 하자!'며 유연하게 생각한다.

그 결과, 게임에서 지거나 실패해서 느끼는 고통보다 게임을 하며 얻는 즐거움이 상대적으로 크게 느껴진다. 패배나 실패에 대한 두려움보다 즐거움을 압도적으로 많이 경험하는 것이다.

삶도 게임처럼 바라보면 불필요한 긴장과 두려움을 덜어내어 기량을 제대로 발휘할 수 있다. 언제든 다시 할 수 있고, 설사 실패한다 해도 실패의 경험으로 인해 다음에 더 능숙해짐을 알 때 우리는 시작 앞에서 망설이지 않게 된다.

'기회는 어차피 여러 번 주어지니 대충 해도 된다'는 말이 아니다. 한 판 한 판 사력을 다해서 노력하면 게임 속에 무한히 펼쳐진 재미있는 요소들을 더 많이 경험하게 되니 훨씬 더 즐거워진다. 최선을 다해야 할 이유는 충분하다.

그저, 현실에서도 게임과 마찬가지로 '다시' 도전할 기회는 계속해서 주어진다는 것을 인지하는 게 중요하다고 말하고 싶다. 새로운 시작을 앞두고 너무 긴장하는 바람에, 혹은 첫술에 배부르고 싶은, 한방에 완벽히 잘해내고 싶은 욕심 때문에 너무 힘이 들어가 오히려 일을 그르치지 않았으면 한다.

지금 새로운 시작을 앞두고 있거나, 잘해 보고 싶은 생경

한 프로젝트가 있는가? 너무 잘하고 싶은 마음에 옴짝달싹 못 하고 있어서 힘들진 않은가? 그렇다면 잠시 눈을 감고 게임을 하듯 즐기는 자신을 상상해 보자.

당신은 앞으로 나타날 각종 장애물을 멋지게 극복하며 흥미진진하고 귀한 경험들로 소화해 낼 것이다. 만약 두 번째 도전을 하게 된다면 첫 번째보다 훨씬 능숙히 해내게 될 것이고, 결국 당신은 잘해낼 것이다. 과정 가운데 어려움이야 나타나겠지만 이는 경험을 풍부하게 만들어 주기 위해 제공된 장치들일 뿐, 당신을 망치기 위해서 존재하는 것이 아니다. 이러한 관점을 가지면 마음이 한결 편안해질 것이다. 그리고 편안해진 마음은 다시 좋은 결과로 당신을 이끌 것이다.

새로운 도전 앞에서
필요한 태도 3

① 힘 빼기

최정상에 오른 프로들은 힘 빼는 것의 중요함을 알고 있다. 그들은 모두 '힘 빼고 노래를 불러라', '힘 빼고 스윙을 날려라'라고 말한다.

② 태도와 관점 바꾸기

도전의 난이도는 크게 중요하지 않다. 오직, 도전을 어떤 태도와 관점으로 바라보느냐에 따라 결과가 달라진다.

③ 게임처럼 하기

한번 실수한다고 절대 죽지 않는다. 하고 또 하면 된다. 이번 판의 실수에서 배운 노하우를 다음 판에 적용해 보자. 해도 해도 안 되면 다른 게임을 신나게 즐기면 된다.

우리는 활짝 피어날 겁니다

삶을 흘려보내지 말고 채울 것

자동차 내비게이션의 좋은 점은, 목적지를 찍고 나서 안내만 잘 따르면 도착지까지 데려다준다는 것이다. 최단 거리 코스를 선택할 수도 있고, 돌아가더라도 통행료가 없는 구간들을 이용하는 것도 가능하다. 중간에 휴게소를 들려야 하거나 주유가 필요할 때도 경유지를 포함하여 안내받을 수 있다.

친절한 목소리가 목적지까지 운전하도록 성실하게 도와주니 나는 내비게이션을 완전히 신뢰하게 되었고, 전혀 모르는 길이더라도 안내만 있으면 안정감을 느꼈다. 그러던 어느 날, 한 치의 의심도 없이 신뢰하고 의지하던 내비게이션으로 인해 인생 전체를 돌아볼 정도로 큰 교훈을 얻게 되었다.

내가 참 좋아하는 모임이 있다. 한 번씩 모여서 근황을 나누고 서로 아낌없이 삶의 지혜를 공유하는 인플루언서들과의 모임이었는데, 하루는 그 모임의 단톡방에 공지가 올라왔다.

'박○○ 해물 손칼국수에서 모입시다. 저녁 7시요!'

공지가 올라온 날은 매우 특별한 날이었다. 이례적으로 1박 2일 워크숍을 하기 위해 한 모임원의 집에 초대받았기 때문이다. 식당에서 모여 간단하게 저녁을 먹고 2차는 집으로 이동해서 진행하자는 계획이 세워졌다. 일찍 도착할 수 있는 사람들은 식사 전에 모여 이야기를 나누자는 말에, 서둘러 준비를 했다.

일찍 나가서 세차를 하고, 멀리 이동해야 했기에 주유소에 들러 기름도 넣었다. 가는 길에 심심하지 않도록 듣고 싶은 유튜브 영상들도 미리 재생목록에 넣어두었고, 중간중간에 전화할 사람들의 명단도 챙긴 뒤, 서둘러 운전대를 잡았다. 내비게이션은 최단 시간 코스로 설정했다. 그마저도 시간을 줄이겠다며 속도를 낼 수 있는 구간에서는 전속력으로 액셀을 밟아가며 신나게 운전을 했다.

'도착 예정 시간 오후 6시 30분.'

내가 제일 일찍 도착하겠다고 생각하며 무척 즐거운 마음으로 한참 운전을 즐겼다.

오후 6시쯤, 남편에게 전화가 왔다. 터널을 통과하던 중이었다.

"오늘 양평까지 간다고 했지? 어디쯤 갔어? 운전은 안 힘들어?"

남편의 걱정에 나는 해맑게 대답했다.

"응, 이제 김포 공항이 보이네? 내가 1등으로 도착할 것 같아! 걱정하지 마!"

"양평 간다고 했는데, 왜 김포 공항이 보여?"

남편의 의아해하는 목소리에 뭔가 잘못됐다는 생각이 번

뜩 들며 갑자기 등에서 식은땀이 흘렀다.

"김포 공항이 보이면 안 되는 건가? 알잖아, 나 내비게이션 의존 200%인 거…."

"응, 양평과 김포는 반대야. 너 잘못 간 것 같은데? 차 세워서 확인해 봐."

"아…."

터널을 빠져나와서 가까스로 차를 세우고는 내비게이션을 확인해 보았다. 박○○ 해물 손칼국수가 여러 지점이 있다는 사실을 놓치고 말았다. 출발할 때 너무 서두른 나머지, 목록의 제일 위에 있는 칼국수 집을 무심하게 찍고 출발해 버린 것이다. 그런데 하필, 어쩜 이렇게 반대로 멀리 찍었을까. 한 시간 반 정도 걸린다는 것을 알고 있었기에, 예상 소요 시간이 1시간 30분 남았다는 정보를 보고는 더욱 확신했었다. 완전한 오판이었다.

문제는, 잘못 왔다는 사실을 알아차린 시간이 정확히 약속한 시각쯤이었다는 것이다. 게다가 퇴근 시간의 시작. 낮과는 상황이 완전히 달라져 버렸다. 잘못 온 구간만큼 다시 돌아가야 했고, 그 구간에서 목적지까지 더 가야 했으니…. 목적지에 도착하면 1등은커녕 아예 저녁도 못 먹을 시간이었다. 만약 식사만 하고 헤어지는 자리였다면 아예 참여하지 못했을 수준으로 잘못된 곳에 가 있었다.

돌아가는 길은 유독 차가 막혔다. 초조하면서 동시에 우울했다. 모임은 예정된 시각에 시작되었고, 삼삼오오 모여서 밥 먹고 대화하고 놀며 찍은 사진들이 단톡방에 공유되기 시작했다. '아, 정말 학수고대했던 모임인데… 도착 예정 시간 밤 9시… 망했어….' 우울함이 몰려왔다.

감사하게도, 돌아가는 길 위에서 나는 이 사건이 내게 의미하는 바가 무엇인지를 돌아보게 되었다. 나는 빨리 가고 싶다며 조급한 마음을 냈고, 운전하면서도 평소보다 더 무리해서 속도를 올렸으며, 누구보다 일찍 도착하고 싶다고 경쟁심까지 냈다. 1등으로 도착할 것 같다며 쓸데없이 우쭐하기까지 했다. 하지만 목적지를 잘못 찍었다. 내가 원했던 곳과는 정반대의 곳에 도착했고, 그곳에는 내가 원했던 사람들도, 추억도, 시간도 없었다. 서두른 모든 것이 아무 소용도 없었다.

내 삶이 이런 식으로 흐르지 않았으면 좋겠다는 생각이 들었다. 내 딴에는 신나서 준비했고, 서둘렀고, 달렸고, 과정에서 최선을 다했고, 심지어 1등 했다고 설레발을 쳤는데 목적지 자체를 완전히 잘못 잡다니. 이런 어리석은 모습으로 살아가지 않기를….

과정 가운데 최선을 다하는 것도, 목표를 향해 꾸준히 나아가는 것도 중요하지만, **가장 중요한 것은 '방향'이었다.** 달리다가도 우선순위를 점검하고 또 점검하여 내가 가고 있는 방향이 맞는지 중간중간에 확인해야겠다는 생각을 깊이 하게 됐다.

**'지금 내가 추구하는 목표가
내가 원하는 삶의 방향과 일치하는가?'**

당신에게도 묻고 싶다. 지금 당신이 원하는 삶을 향해 달려가고 있는가? 방향을 점검하는 방법 자체를 잘 모르겠다면, 이뤄내고 싶은 목표를 달성한 삶을 상상해 보자. 그 안에서 당신의 표정은 어떠한가? 행복한 표정을 짓고 있다면 그 삶이 당신이 원하는 삶일 가능성이 높다.

방향을 점검하지 않고 무작정 달리면 내가 실수했던 것처럼 원치 않은 결말을 맞이할 수도 있다. 이를 수습하기 위해 오히려 더 먼 길을 고생하며 돌아갈 수 있다. 그렇기에 삶의 우선순위를 생각하여 자신이 가고 있는 방향을 거듭 점검하며 나아가는 것을 잊지 말아야 한다. **언제나 그렇듯, 달리는 속도보다 더 중요한 것은 방향이니까.**

혹여라도 천천히 나아가는 것을 두려워하지 말자. 하버드 대학교 교육 대학원 교수 토드 로즈는 말했다. "**단순히 빠르게 나아가는 것보다 목표를 향해 천천히 흘러가는 게 낫다**"고.

천천히 흐르는 시간의 강에는 더욱 많은 기회와 경험들이 있다. 그리고 우리는 그 안에서 한 단계씩 자연스럽게 성장해 나갈 수 있으며 삶을 더 깊이 있게 즐길 수 있다. 느리게 앞으로 가는 일은 가끔은 지루하거나 힘들 수 있지만, 빠르게 잘못된 방향으로 가는 것보다 **느리게 올바른 방향으로 가는 것이 우리 인생의 진정한 의미와 성공을 이끌어 낼 것이다.**

하루를 흘려보내지 말고
하루를 채워 넣을 것

사상가 존 러스킨은 말했다.

"우리가 어떤 목표 없이 인생을 허송세월로 보낸다면 그 일생은 물론, 단 하루도 인생의 존귀함을 모르고 말 것이다.

인생이란 그 어떤 설명보다도 성실하게 사는 사람에게 저절로 터득되는 것이다. 아침 식사할 때 조용히 감사하며, 자신의 성실을 자각할 수 있어야 한다.

인생은 흘러가는 것이 아니고, 성실로써 채워져 간다. 인생은 하루하루를 보내는 것이 아니고, 하루하루를 내가 가진 무엇으로 채워가야 하는 것이다."

당신은, 인생에 무엇을 채워 넣고 싶은가?

인생 부스터 장착하는 법

나는 인스타그램과 커뮤니티에서 설문조사를 주기적으로 진행한다. 하루는, '해결하고 싶은 고민들'에 대한 투표를 진행했는데 수백 명이 투표에 참여했다. 수많은 고민의 주제 가운데 1등을 받은 건, **'미친 실행력을 갖고 싶어요'**였다. 목표를 새롭게 세우고 마음을 새로이 다잡아도 실행력이 따라주지 않는 것에서 오는 답답함에 여러 사람들이 해결책을 원하고 있었다.

실행할 일들의 목록은 구체화했는데 실행력이 안 따라줄 때, 참으로 고통스럽다. 특히나 그 누구도 나를 막지 않고 상황도 순조로운데, 진도가 나가지 않으면 초조함과 조바심은 점점 커지고 스트레스로 마음을 졸이게 된다. 나 또한 욕심만큼 실행력이 안 따라주어서 고통스러웠던 경험이 참 많았다. 그런 고통을 극복하려고 노력하는 과정에서 제법 효과적인 방법들을 알게 됐고, 그 내용을 공유하고자 한다.

마음의 무게를 확인해 본다

'몸을 가능한 한 가볍게 만들고 뛸 때'와 '무거운 짐을 지고 거기다 두 손 가득 짐을 들고 뛸 때'를 비교해 보자. 후자는 아예 뛰지도 못하거나 조금 뛰다 지쳐서 주저앉게 될 것이다. 마음에도 이러한 무게가 실릴 수 있다는 사실을 알고 있는가? 이는 '인지 부하cognitive load'라고 불리는데, 마치 무거운 짐을 물리적으로 진 것처럼 '무언가를 할 때 필요한 생각'과 같은 인지적 자원에도 무게가 실릴 수 있음을 설명한다.

쉬운 예로, 자기가 영어를 못한다고 생각하는데 읽어야 할 설명서가 영어로, 그것도 A4 용지 분량으로 빽빽하게 쓰여 있다면? 읽지 않아도 그 자체만으로 정신적 부하가 걸릴 것이다. 이처럼 심리적으로 무게를 느끼고 있을 만한 요인이 많다면 실행력에 심각한 제동이 걸리고 만다. 이러한 인지적인 부담을 줄이는 노력을 해야 한다.

마음에 부담이 되는 일에는 커다란 일들이 많다. 이때는 '할 만하다'고 느껴질 정도로 단위를 작게 쪼개 준다. 같은 일이라도, 지금 해내야 할 일의 범위나 분량이 줄면 부담이 훨씬 덜어지는 법이다. 그리고 별일이 아닌 자잘한 일들은 빠르게 해치워 버리자. 작은 일도 쌓여 있으면 은근히 무겁게 느껴진다. 머릿속을 최대한 단순하고 가볍게 만들어 주어야 한다.

외부에 도움을 요청해 일의 심적 무게를 줄이는 것도 좋다. 예를 들어, '회사 일도 해야 하고, 설거지도 해야 하고, 계약 사항도 확인해야 해'라는 세 가지 업무에 마음이 눌려서 오도 가도 못하고 있다면, 설거지만이라도 가족에게 부탁해서 덜어내자. 그러면 마음속에서 느끼는 심리적 부담이 확 덜어지고, 다른 일 또한 시간 내로 할 수 있겠다는 자신감이 올라가며 실행력 또한 향상된다.

시작과 끝을 명확히 한다

하고 싶다는 생각만으로 그치는 많은 일들을 살펴보면, '언제 반드시 시작해서, 언제까지는 반드시 끝낸다'가 없는 경우가 많다. 막연하게 시간이 허락될 때 하겠다고 생각하니 그 일을 위한 시간이 영 나질 않는다.

시작과 끝을 명확히 설정하면, 시간을 적절히 분배할 수 있게 되어 효율적으로 실행할 수 있게 된다. 그리고 기한 설정이 되어 있는 일은 기한 설정이 없는 일보다 마음에서 '우선순위'로 놓이기 때문에 집중할 가능성이 커진다. 또한, 어떠한 일을 할 때든, 마감 기한이 정해지면 마감 시간 직전에 이를수록 일의 능률이 기하급수적으로 상승한다고 한다. 행동심리학에서 밝힌 '마감효과'다.

의지가 아닌 환경을 믿어라

앞의 방법들도 무척 효과적인 방법이지만 압도적인 실행

력을 만드는 최고의 방법은 이것이다. 반드시 하고 싶은 일이 생기면, '나보다 그 일에 관심이 크고 우수한 사람들과 팀을 이루는 것'.

나는 새로운 일을 배우고 싶을 때마다 우수한 구성원들과 팀을 이뤄서 프로젝트에 착수한다. 대학교 때는 동아리에 가입하거나 팀 단위 공모전에 참여했고, 사회에 나온 후에는 혼자 할 수 있는 일이라도 가능한 한 능력 있는 사람들과 더불어 일하기를 선택했다. 여기서 포인트는 단순히 함께 일하는 것이 아니라, 어울려 일하는 과정에서 생기는 압박감을 이용하는 것이다.

예를 들어, 협업 과제에서는 내가 해야 할 부분을 하지 않으면 일 전체가 돌아가지 않는 상황이 많다. 마치 체인처럼 일들이 연결되어 있기 때문이다. 한번은, 내가 기획해서 넘기면, 그 기획을 토대로 디자이너가 디자인을 하고, 그다음에 편집자가 이어받아 편집하는 일에 참여한 적이 있었다. 그 과정에서 느껴지는 압박감은, 나를 일할 수밖에 없게 만들었다. 혼자 일할 때보다 스트레스는 비교도 할 수 없이 컸지만, 남들에게 피해를 줄 수 없기에 혼자였다면 포기하거나 멈춰 섰을 일을 완수하게 되었다. 게다가 우수한 사람들과 함께하는 과정에서 배우는 것도 정말 많았다.

그렇게 세 가지 방법을 통해 여러 해 동안 성취를 꾸준히 해 오다 보니 '실행력이 대단한 사람', '참 많은 일을 꾸준히 다 해내는 사람'이 되어 있었다. 마음이 무거웠다면, 시작과 끝이 불분명했다면, 혼자였으면 절대 할 수 없는 일들이었다.

위에서 언급한 세 가지의 방법 중 한 가지, 또는 두 가지만 선택해서 삶에 적용하더라도 바로 효과를 느낄 수 있다. 할 수 있다면 세 가지를 다 적용해 보자. 분명 당신이 원래 가지고 있던 실행력이 2배, 3배 이상으로 증폭될 것이다.

가는 곳마다 사랑받으세요

어디를 가든, 누구를 만나든, 많은 이들에게 찐 사랑과 호
감을 한 몸에 받는 사람들이 있다. 모두가 다 좋아하는 사람
은 존재하지 않지만 '호'가 '불호'보다 압도적으로 많은 매력
적인 사람은 분명 존재한다는 것이다.

사랑받고 인정받고 싶은 욕구는 본능이기에 이를 오래전
부터 살피며 연구해 온 기록들이 철학과 심리학에 존재한다.
지금부터 철학자와 심리학자들이 말한, 공식처럼 작동하는
'매력적인 사람이 되는 세 가지 방법'을 다루어 보고자 한다.

첫째, 자주 미소 짓기

환하게 웃는 얼굴을 떠올려 보자. 부모님, 친구, 또는 낯선 사람이지만 미소가 아름다운 사람이어도 좋다. 떠올리기만 해도 기분이 좋아지고 입가에 미소가 지어지지 않는가? 기분이 좋아서 미소가 지어지기도 하지만, 우리가 웃는 사람을 보면 함께 미소 짓게 되는 이유는 뇌의 '거울 뉴런' 때문이다. 거울 뉴런은 우리가 타인의 움직임을 관찰할 때 활성화된다. 활성화된 거울 뉴런은 상대방의 신체 움직임을 따라 하도록 유도하는데, 상대방이 손을 흔들면 우리도 따라서 손을 흔들게 되듯 상대방이 웃으면 우리의 입꼬리도 슬며시 올라가 미소가 지어진다.

사람들과 있을 때 내가 자주 짓는 표정이 무엇인지 생각해 보자. 상대방으로 하여금 긍정적인 감정을 느끼게 하는 표정을 짓고 있는가? 만약 찡그린 표정이나 무표정, 어딘가 불편한 표정을 짓는다면 상대방 또한 그 표정을 짓게 될 것이다. 그러니 사랑받고 매력 있는 사람이 되기 위해서는 먼저, 환한 미소를 지으며 사람들과 함께하는 것부터 연습해 보자.

둘째, 공통 관심사 발견하기

펜실베이니아 대학의 심리학 교수인 리처드 라이언과 독일 출신의 정신분석학자 에릭 에릭슨은 '공통 관심사'를 가진 사람들끼리 만났을 때 더 쉽게 대화를 나누고, 공감을 주고받고, 친밀감을 형성한다는 사실을 연구를 통해 밝혔다.

당신이 '저는 취미로 등산하러 다녀요'라며 관심사를 상대방에게 말했다고 상상해 보자. 상대방이 듣자마자 '저는 등산 정말 싫어하는데…' 라고 답하거나, 당신이 관심 없는 다른 화제로 주제를 돌려버리면 어떨 것 같은가? 기분이 별로 좋지 않을 것이다. 무안함을 느끼며 어떻게 대화를 이어가야 할지 막막함을 느낄 수도 있다. 반대로 상대방이 '저도 등산을 정말 좋아해요. 지난주에도 다녀왔고, 이번 주에도 가요' 라고 공감을 표현하면서 관련된 대화를 이어간다면? 좋아한다고 표현하지 않아도 그 주제에 호기심을 가지면서 묻는다면? 마치 오래전부터 친했던 사이처럼 상대에게 내적 친밀감

4장 우리는 활짝 피어날 겁니다

219

을 느끼게 될 것이다. 당연히, 대화 후에 친해질 가능성이 훨씬 더 커진다. '공통의 관심사'에 대해 대화를 나누면 호감과 친밀감이 크게 올라가기 때문이다.

셋째, 필요를 채워 주기

필요를 채워 주는 세심한 배려심을 가진 사람에게 감동해 본 적 있는가? 고민하느라 표정이 어두워지기만 해도 이를 알아차리고 배려해 주는 이들이 있다. 누군가가 기꺼이 자신의 소중한 시간을 내어 이야기를 들어주고, 정성스럽게 위로해 주며, 격려를 아끼지 않을 때 우리는 크게 감동한다.

실제로 해결해야 하는 어떤 사안들이 있을 때 물심양면 도움을 줄 뿐만 아니라, 자신의 인맥을 살피며 좋은 사람을 연결해 주는 사람들도 있다. '그 문제라면 이 사람을 만나보면 해결이 될 거야' 하며 귀한 인연들을 소개해 주는 것이다. 그 인연들 덕에 문제를 해결했을 뿐만 아니라 삶의 좋은 방향으로 크게 확확 바뀐 경험이 내게 여러 번 있었다. 좋아하게 될 수밖에 없는 고마운 사람들이었다.

이처럼 상대방을 관찰하며 '이 사람은 무엇이 필요할까?', '내가 채워 줄 수 있는 것은 어떤 것이 있을까?'를 먼저 고민해 보는 습관을 지녀 보자. 여기서 **중요한 것은 그저 짐작하기보다는 실제로 관찰하고, 물어보고, 필요를 채워 주는 것**이다. 그래야 해 주고도 마이너스가 되는 일을 방지할 수 있다. 물어보지 않아도 보이는 게 있다면, 상대방에게 도움을 주고 싶다고 표현해 보자. 정말 고맙고 특별한 사람으로 기억될 것이다.

가만히 생각해 보자. '환하게 웃어주며, 나와 공통된 관심사를 갖고 있고, 내 필요를 살피며 따뜻한 마음으로 배려해 주는 사람'은 누가 있는가?

만약 많은 사람이 동시에 떠오른다면 당신은 인복이 많은 사람이다. 아마도 평소에 당신이 타인들에게 그렇게 행동했기에 그런 사람들이 주변에 많은 것일 테다. **자신에게서 나가는 것은 결국 자신에게로 돌아오는 법이니까.** 이미 당신은 사람들에게 인기 있고 매력적인 사람일 것이다.

반대로, 정말 소수의 사람만 떠오른다면 우선 그들에게 고마운 마음을 평소에 더 자주 표현하자고 다짐하고 꼭 실행해 보자. 그리고 상상해 보자. '자주 미소 짓기', '공통 관심사 발견하기', '필요를 채워 주기', 이 세 가지를 통해 타인들에게 내가 좋은 사람이 되어 준다면, 얼마나 관계가 풍성해지고 웃을 일과 감사할 일이 많아질지를. 당신이 가는 곳마다 주변으로부터 큰 사랑과 응원을 받길 바란다.

바르게 사는 게 중요하다

XX 대학 논문표절 의혹 교수 2명 직위 해제

월수입 7,000만 스타강사의 몰락 - 성폭행, 징역 8년

XX 대표, 징역 3년, 법정 구속 - 의료법 위반 인정

배우 XXX, 특별 세무조사 후 억대 세금 추징

주가조작 피해 연예인 또 나왔다… 1,500명 연루

사생활 논란 유튜버 XX, 성병 옮긴 혐의 인정돼 징역

위의 뉴스 헤드라인들은 모두 실제로 검색하면 찾아볼 수 있는 뉴스 기사 제목이다. 놀랍게도 불미스러운 내용으로 뉴스에 오르는 인물들은 의외로 사건이 터지기 직전까지 사회

에서 존경받거나 크게 사랑받던 인물들인 경우가 많다.

사고가 터지고 소식을 접하게 되면 사람들은 존경하고 믿었던 인물에 대한 배신감과 실망, 분노를 크게 표현한다. 해당 인물만이 아니라 그와 연결된 가족의 신상까지 전부 밝히며 사회적으로 지탄받도록 사적 제재를 가하는 일도 심심치 않게 발생한다.

위의 사례는 '공인' 수준에 오른 인물들의 사건 사고가 TV 뉴스나 신문 기사에 나온 경우이지만, 요즘에는 일반인들도 여론과 대중의 심판을 받는 일이 빈번하게 발생하고 있다. 텔레비전이나 신문이 아니더라도 모두가 스마트폰으로 인해 SNS에 연결된 세상에서 살고 있기 때문이다.

과거 이력을 부풀려서 이야기하기만 해도 대형 커뮤니티 게시판에서 실명으로 검증하는 토론이 벌어지고, 과거에 누군가를 괴롭혔다면 '학교 폭력 가해자'로 바로 불화살이 꽂힌다. 사내에서 불륜을 저지르다가 '내연녀 XX 씨, 내연남

XX 차장'으로 포털에 오르면 그 내용은 순식간에 퍼져 대형 커뮤니티에 오르고, 내용의 당사자들은 온 국민에게 비난받게 되는 일도 비일비재하다.

기업도 이를 피해 갈 수 없다. 큰 매출을 내기 위해 허위 사실을 유포하거나 과장 광고를 하는 기업들이 적발되는 사례가 많은데, 이러한 사례들을 찾아내어 전문적으로 처벌하는 '호갱 구조대', '사망여우' 같은 대형 유튜브 채널들까지 존재한다. 이런 채널의 심판 대상이 되면 TV 프로그램 〈그것이 알고 싶다〉 수준으로 내용이 만들어지고, 다시는 회생할 수 없어지기도 한다.

과거에는 엄격한 윤리 의식, 준법정신, 도덕성이, 공인이나 유명인들 혹은 사회적으로 성공한 사람들에게만 특별히 더 요구되었다면 이제는 역으로 누구든 불미스러운 사건으로 주목받을 수 있는 세상이라고 해도 과언이 아니다.

부끄러운 인생이 되지 않기 위해 우리는 무엇을 특히 조심

해야 할까?

언행일치

메시지와 온라인 게시물은 캡처가 되고, 통화는 녹음이
되는 세상이다. 내가 평소에 하는 말과 그에 이어지는 행동
들이 모두 기록으로 남게 되는 것이다. 만약 이곳에서 한 말
과 저곳에서 한 말이 다르거나 말과 행동이 일치하지 않아
주변에 혼란과 불안을 자주 일으킨다면 주변 사람들의 신뢰
는 점점 무너질 것이다. 그렇기에 항상 언행일치에 유의하며
살아야 한다.

주변 사람들에 대한 예의

자신보다 강한 사람에게는 아부하며 비굴하게 굴고 굴복
하면서, 반대로 자신보다 약한 사람에게는 포악하고 잔인하
게 구는 사람들이 있다. 이러한 행동으로 인해 대중에게 큰
비난을 받은 사람들의 '갑질' 논란에 관한 뉴스가 기억나지
않는가? 상대를 있는 그대로 존중하며 배려하려고 노력하는
것은 매우 중요하다.

사회에 끼치는 영향력에 대한 의식

손안에 저마다 '개인 방송국'을 하나씩 갖고 있는 세상이다. SNS에 짧게 남긴 영상 하나가 1만 명, 10만 명, 100만 명 이상에게 퍼져 나가는 일은 언제라도 일어날 수 있다. 내가 평소 하는 말과 행동, 특히 SNS에 담는 콘텐츠들은 누군가의 삶에 내가 생각한 것 이상으로 큰 영향력을 행사할 수 있음을 늘 기억하자.

높은 도덕적 감수성과 윤리 의식

화려하고 부유한 삶에 대한 동경과 욕망이 그 어느 때보다 큰 시대이다. 물질 만능주의가 성행하고 도덕적 감수성과 윤리 의식은 경시되고 있다. 주변을 둘러보면 '이 정도 범법은 다 저지르고 살아' 하며 자신의 비윤리적인 행동을 합리화하는 사람들을 쉽게 찾을 수 있는데 이는 매우 위험한 사고방식이다. 과거 어느 때보다 비밀이 없는 세상, 아주 촘촘하고 긴밀하게 연결된 세상에 살고 있음을 인식하며 높은 도덕적 감수성과 윤리 의식을 잃어버리지 않도록 노력하자.

높은 도덕적 감수성, 윤리 의식, 경각심이 선택이 아닌 필수가 된 세상이다. 한 번의 실수로 다시는 고개를 들고 다니지 못하게 될 수 있다. 아무리 물이 맑아도 먹 한 방울 떨어트리면 먹물이 되고, 공들여 오랫동안 쌓은 탑도 잘못 쌓은 하나의 돌로 인해 한순간에 무너질 수 있듯이.

철학자 소크라테스는 말했다. "**사는 게 중요한 게 아니라 바르게 사는 게 중요하다**"고. 이 말을 가슴에 새겨두고 살자. 자신을 위해서든, 세상을 위해서든 말이다.

제자리에 멈춘 것만 같을 때

친한 후배가 고민을 털어놓았다. 그는 한숨을 깊이 쉬며 노력 대비 성과가 너무 없다며 한참을 이야기했다.

"땀과 노력은 배신하지 않는다고 해서 정말 최선을 다하고 있는데, 도대체 왜 성과가 나지 않을까요? 늘 저만 그대로인 것 같아서 속상해요."

생각해 보면 내게 비슷한 고민을 털어놓는 이들이 참 많았다.

"운동량을 늘려가며 성실하게 했는데 왜 체중은 그대로일까요?"

"콘텐츠를 열심히 만들어서 올렸는데 왜 팔로워 수가 늘지 않을까요?"

"매일같이 열심히 공부했는데 왜 시험 성적은 그대로일까요?"

다이어트 커뮤니티를 운영할 때도, 콘텐츠 커뮤니티를 운영하면서도, 공부를 가르치면서도, 도무지 나아지지 않고 멈춰 있는 것만 같은 '정체감'에 대한 고민은 늘 나오는 주제였다.

목표를 빠르게 달성한 사람들에게는 이런 번뇌나 고민이 없을까? 주변을 살펴보니, 그들에게도 정체감에 대한 고민은 분명히 있었다. 목표를 일정 수준 달성하면 새로운 돌파가 필요한 단계가 반드시 오기 때문이었다. 오히려 그들은 그 구간에서 더욱 심한 고통을 토로했다. 그들 또한 정체감을 반드시 돌파하고 싶다고 이야기했다.

즉, 정체감은 누구도 피해 갈 수 없는 과제였다. 새로운 차원으로 성장하려면 누구나 마주해야 하는 하나의 관문이기에. 피할 수 없다면 극복해야 한다. 정체감을 이겨내고 크게 성장하기 위해서는 먼저 정체되었다고 느끼게 된 원인이 무엇인지 객관적으로 파악해야 한다.

정체된 느낌은 주로 '상대적 비교'에서 시작된다. 누군가가 빠르게 치고 나가는 바람에 나의 변화나 성과가 상대적으로 느리고 적다고 느껴지는 것이다. 이때는 시선을 다시 자신에게 돌려야 한다. 남이 아니라 '처음에 자신이 세운 목표' 대비 '현재 자신의 성과'가 어떤지 점검해 본다. 남이 기준일 때는 자신이 상대적으로 느리다고 느낄 수 있지만, 처음의 나와 비교하면 절대적으로는 매우 건강한 성과를 이루어 내는 중일 수 있다.

그런데 여기에서 반전이 있다. '남의 속도를 의식하지 말고 자신이 설정한 목표와 비교해서 현재 자신의 위치를 한번 점검해 봐'라고 했을 때 많은 사람들이 대답하지 못한다는 것이다.

'자신의 목표' 자체가 선명하게 정의되지 않았기 때문이다. 그저 처음부터 '잘하자', '성공할 거야' 하며 막연한 목표를 세웠던 경우가 많다. 결승점 없는 레이스를 무작정 달리고 있었던 것이다. 노력하면 할수록 성취감은커녕 정체감만 느끼게 되는 아이러니는 여기에서도 비롯된다.

여기에서 필요한 작업은 **자신이 달성하고 싶은 목표를 선명하게 정의하고 구체화하는 작업이다. 그 뒤에 '수치화'하여 평가한다.** 이를 순서로 나타내면 다음과 같다.

---

① 구체적인 목표 달성 기준을 정한다

② 목표 달성에 드는 기간을 정한다

③ 수치화하여 경과를 추적한다

'살을 빨리 빼겠어'라고 막연히 마음만 먹는 것이 아니라, ① '체지방 4킬로를 빼고 근육을 1킬로 늘리겠어'라는 구체

적 목표를 정한다. ② 기간은 총 3달을 목표로 하고 ③ 1달마다 체성분을 측정하여 수치화하여 파악한다.

이때 목표를 '구체화'하고, 과정을 '수치화'하여 측정하는 작업이 무엇보다 중요하다. 계량할 수 없으면, 경과에 대해서 추적하며 평가하고 수정하며 전략적으로 나아갈 수 없기 때문이다.

경영학의 거장인 피터 드러커는 말했다. '측정할 수 없으면 관리할 수 없고, 관리할 수 없으면 개선시킬 수 없다'고. 즉, 무언가를 달성하고 싶다면 반드시 측정할 수 있는 기준을 만들어야 하고, 그를 기반으로 평가해야만 개선점을 파악할 수 있고 나아질 수 있다.

물론, 이때의 전제 조건은 '목표가 실현 가능한 것'이고 '목표를 달성하는 방법을 제대로 알고 있다'는 것이다. 만약 두 조건에 모두 '예'라고 답할 수 없다면, 이를 해결하는 것이 더 우선되어야 한다(이는 2장의 '사소한 행동 하나 바꾸었더니' 글을 참고하길 바란다).

나만 멈춰 있는 것 같은 정체감에 괴롭다면, 펜과 종이를 꺼내서 위의 루틴대로 차근차근 따라 써보자. 어떤 변화가 일어나면 정체감이 해결되었다고 느낄지를 생각하며, 그 생각들을 목표로 치환하며 해야 할 행동 리스트 (To do list)를 마련해 보는 작업부터 해 보기를 권한다.

이 과정을 통해 막연한 불안감과 머리의 복잡한 생각들이 해결되는 마법 같은 경험을 반드시 하게 될 것이다. 여기에 실행까지 따라주면, 정체감을 깨고 성장하는 돌파력을 반드시 경험하게 될 것이다.

Blooming

나만의 투두 리스트를 적고
선명하게 구체화하기

✎ 이루고 싶은 목표는?

_____

_____

✎ 구체적인 목표 달성의 기준은?

_____

_____

✎ 목표 달성에 걸리는 기간은?

_____

_____

✎ 무엇을 수치화하여 경과를 추적할 것인가?

_____

_____

나의 봄은 내가 만드는 것

"말로만 하지 말고 목표를 세워 봐."

미래에 이루고 싶은 것들을 이야기했을 때, '말에서 그치지 않도록, 말을 했으면 그에 따른 실행도 있도록' 하라는 조언을 들어본 적이 있을 것이다.

말로는 누구나 최고로 멋진 삶을 즉시 그릴 수 있다. 전 세계를 놀라게 하는 사람이 될 거라며 원대한 꿈을 말한다고 할지라도 말하는 것 자체는 돈이 드는 것도 아니고, 그 꿈의 크기가 현실적으로 어려울 만큼 크다고 해서 해도 문제가 될 것이 전혀 없다.

성공적인 삶은 각자가 말과 생각으로 품은 간절한 꿈을 얼마만큼 현실화할 수 있는지에 달려 있다고 해도 과언이 아니지 않을까? 그렇다면 말로 꾸는 꿈을 현실로 바꾸는 데 필요한 것은 무엇일까?

첫째, 선명한 목표
둘째, 그에 따른 구체적인 행동 계획이다.

자신의 꿈을 이루는 성공적인 삶을 살기 위해서는 '꿈(dream)'을 선명한 '목표(goal)'로 치환하고, 그 목표를 이루기 위해서는 그 목표를 이룰 수 있는 구체적인 행동 계획인 '실행 계획(action plan)'까지 세우는 것이 꼭 필요하다.

'꿈'과 '목표', '목표'와 '실행 계획'은 긴밀하게 연결되어 있으며, 이 세 가지를 어떻게 관리하느냐에 따라 삶이 완전히 달라진다. 하나씩 알아보도록 하자.

꿈(dream)

'사람은 자신이 가진 꿈의 크기만큼 성장한다'는 말이 있다. 이루고자 하는 꿈이 있으면 그만큼 성장한다는 뜻이기도 하지만, 성장을 꿈꾸지 않으면 평생 제자리라는 말이기도 하고, 꿈을 작게 꾸면 딱 그 작은 꿈만큼만 성장한다는 말이기도 하다. 그렇기에 우리는 늘 자신의 꿈을 점검하며 업데이트하려고 노력해야 한다.

어떤 꿈을 꾸어야 할지 의문이 들 수도 있다. 그러나 사람마다 정답이 다르다. 자신이 어떤 삶을 살아야 행복할지는 자신만이 안다. 누군가가 나에게 물으면, 나는 나의 꿈을 이렇게 대답한다. "죽음 앞에서 '많은 사람을 위로하고 돕고, 매일 수고하며 애써왔다'고 말할 수 있는 삶을 사는 것"이라고. 당신도 당신 스스로에게 물어야 한다.

목표(goal)

그렇다면, 목표는? 목표에 대해서도 이렇게 답을 하겠냐고 묻는다면, 아니다. 목표는 다른 답이다. 목표를 세울 때는

(1) 구체적으로 목표 달성의 기준을 정한 후 (2) 수치화하여 경과를 추적하며 (3) 목표를 달성하는 데 드는 기간을 정해야 한다.

예를 들어, 꿈이 '타인에게 도움이 되는 삶'에 있다면, 그것을 구체적으로 '어떻게', '얼마나' 할 것인지 현실적인 목표를 잡는 것이다.

만약 그 꿈을 이루기 위한 목표를, '내가 가진 특별한 목표 달성의 경험을 콘텐츠로 만들어서, 타인이 그 콘텐츠를 보고 그대로 실행하는 것만으로도 같은 경험을 할 수 있도록 해 보자'고 정했다면? 위의 (1), (2), (3) 순서대로 구체적으로 정의하며 '선명한 목표 설정'을 해야 한다.

---

1. 온라인 콘텐츠를 만드는 방법을 가르쳐주는 강의 콘텐츠를 상품으로 출시한다.
2. 해당 내용을 5개의 대주제, 각 8개씩의 소주제로 총 40개 이

상의 챕터로 구성한다.

3. 상품의 출시 시점은 23년 9월 말, 강의 콘텐츠의 개강 시점은 10월 중순으로 정한다.

실행 계획(action plan)

실행 계획은 목표에서 더 깊이, 더 구체적으로 들어간다. 목표한 일이 성공적으로 수행되기 위한 월간, 주간, 일간 계획뿐만 아니라, 하루 계획 안에서 분 단위로 '해야 할 일'을 구체적으로 점검할 수 있고 평가할 수 있는 체크리스트로 만드는 것이다.

☐ 콘텐츠 만드는 법에 관해 가르칠 수 있는 나의 재료를 점검하고 구체화한다 (2일)

☐ 소비자들이 현재 시장에서 접근 가능한 대안들에 대한 국내와 해외 사례를 조사하고 정리한다 (5일)

☐ 1번과 2번의 결과물을 모두 고려하여, 초안을 작성하고 강의

안을 만든다 (2일)

☐ 만들어진 강의안의 대본과 교재를 구성하고, 디자인까지 완

성한다 (2일)

☐ 협업하는 팀에게 준비된 내용을 공유하고, 피드백을 주고받

으며, 최종 결과물을 완성한다 (5일)

꿈과 목표, 목표와 실행 계획을 구분하여 설명하기 위해 예시만 간략하게 담았지만, 핵심은 꿈에서 목표로, 목표에서 실행 계획으로 갈수록 '구체적'이 되고 '계량 가능' 하며, '잘했다/못 했다'를 평가할 수 있을 정도로 추적 가능해진다는 데 있다.

꿈을 현실화하는 데 있어서 이 단계들이 매우 중요한 이유는, 이 단계를 거쳐야 구체적인 '동기'가 부여되어 꾸준히 행동하게 되기 때문이다. 말만 앞세울 뿐 움직임이 없을 때를 돌아보면 대체로 막연한 경우가 많다. 원하기는 원하는데, 그것을 이루기 위해 시간도, 계획도, 노력도, 돈도 얼마나

어떻게 써야 하는지 어느 하나 구체적으로 정해진 것이 없는 것이다.

그러니 원하는 것이 선명한 데도 말에서만 그치고 있는 것이 떠오른다면, 지금 바로 노트를 꺼내서 꿈, 목표, 실행 계획을 적어보고 구체화해 보자.

**꿈을 현실로 만들 때
도움이 되는 문장들**

꿈은 그것을 이루기 위한 행동이 따르면 목표가 됩니다.

–보 베넷

목표를 세우는 것은,

보이지 않는 것을 현실로 만드는 첫걸음입니다.

–토니 로빈스

목표를 세우고, 그 목표를 이루기 위한 계획을 세우고

그 계획을 실행하는 것이 성공의 비결이다.

–데이비드 슈웨쳐

한없이 피어나게 될 테니까

브라이언 트레이시의 책 《백만불짜리 습관》은 1998년에 쓰였고 한국에는 2005년에 처음으로 번역서가 나왔다. 출간 당시, 저자가 전 세계 25개국 200만 비즈니스맨들을 교육하고 만나온 경험을 책에 고스란히 녹아냈다는 이유로 큰 관심을 받았었다.

그런데 이 책은 지금까지 무려 이십 년 가까이 절판되지 않고 스테디셀러로 꾸준하게 사랑을 받고 있다. 책의 수명이 3주도 안 된다고 하는데 정말 놀라운 일이 아닐 수 없다. 그만큼 그가 주장한 '좋은 습관'의 가치는 세상이 변하고 시대가 바뀌어도 변함없이 중요하다는 방증일 것이다.

브라이언 트레이시는 이 책을 통해 말한다.

"만일 당신이 10억을 버는 사람이 되면 10억을 더 버는 일은 자연스럽게 이뤄집니다. 만약 어떤 사건으로 인해 10억을 날리게 되더라도 이미 당신에게는 '백만불짜리 습관'이 있기에 이내 다시 10억을 벌게 되지요. **한 번 부자의 습관을 익히면 평생 부자로 사는 능력을 갖게 되는 겁니다.** 마치 한 번이라도 자전거 타는 법을 배워 두면 언제든 탈 수 있듯이 말입니다."

처음에는 우리가 습관을 만들지만 나중에는 습관이 우리의 삶을 만들어 간다는 명언처럼, 한번 익힌 습관은 우리의 하루하루를 견인해 가는 엔진이 되기에 좋은 습관을 만들어 놓는 일은 매우 중요하다는 것이다.

그런데 사실, 우리는 모두 '좋은 습관'들이 무엇인지는 이미 알고 있다. 건강을 위해서는 영양이 풍부한 음식으로 건강한 식사를 하고 규칙적으로 운동하고 물을 많이 마셔야 하고, 시야를 넓히기 위해서는 다양한 책을 읽고 글을 쓰고 새로운 분야를 배워야 하며, 부자가 되기 위해서는 쓸데없는 지출을 줄여야 하는 등 이루고 싶은 결과마다 필요한 습관들은 어디서든 들어보았다.

몰라서 못 하는 게 아니라 알지만 습관이 제대로 익혀지지 않는다는 것이 진짜 문제다. 습관이 일상에서 저절로 행해지게 하려면 우리는 어떤 노력을 해야 할까?

습관을 평생 연구해 온 전문가와 코치들 공통으로 하는 말이 있다. **"사람들은 좋은 습관의 중요성을 알게 되면 안 하던 여러 가지를 '한방에' 익히려고 하는데, 그러면 실패하기 쉽다."**

예를 들어, '이제부터 '운동'을 매일 1시간씩 해야지. 그리고 '독서'도 중요하니 매일 1시간씩 책을 읽고, 읽는 데 그치지 않고 '글쓰기'도 이어서 1시간씩 하겠어. 건강한 음식으로 직접 '요리'해 먹고, '규칙적 식사'가 중요하다고 하니 꼬박꼬박 식사를 챙겨야겠다. '잠'은 꼭 11시 이전에 자서 7시 이전에 깨기로 하자. '가계부 적기'를 시작하고, '외국어 공부'도 1시간씩 하고…' 하고 다짐하는 경우다.

이런 식으로 갖고 싶은 좋은 습관을 모두 나열하고 '준비 탕! 한 번에 모두 출발!' 하며 하루 만에 호기롭게 결심하는 행동들은 실패의 지름길이 된다. 좋은 습관들을 제대로 내 것으로 만들기 위해서 우리는 반드시 이 법칙을 지켜야 한다.

"한 번에 하나씩."

한 번에 10개의 좋은 습관을 가지려고 하면 실패하기가 쉽지만, 한 번에 하나씩 1년에 걸쳐 10개의 습관을 갖게 되는 것은 얼마든지 가능하다. 그러니 내 것으로 만들고 싶은 습관들을 선택한 뒤에, '하나씩' 자기 것으로 만들어야 한다. 그 습관이 일상에서 저절로 행해질 때까지 시간을 갖고, 그 습관이 마침내 편안해지면 다음 습관을 정복해야 한다.

이 챕터를 적으며 다시금 어떤 좋은 습관들로 내 삶을 가득 채우고 싶은지 정리해 보았다. 시간이 걸리더라도 차근차근 익히면 좋을 습관들이다.

- ☐ 목표 점검 : 매일 아침, 목표를 점검한다.

- ☐ 우선순위 훈련 : 해야 할 일들의 우선순위를 세우고, 중요한 일을 먼저 한다.

- ☐ 시간 엄수 : 매번 시간을 지키는 사람은 5%도 되지 않기에 시간을 지키는 사람은 돋보인다. 약속 시각에 최소 10분 일찍 도착한다.

- ☐ 감사 : 감사한 일, 감사한 관계, 감사한 환경을 묵상하고, 감사를 적극적으로 표현한다.

- ☐ 경청 : 타인이 말할 때 주의를 기울이며, 사려 깊게 듣는다.

- ☐ 건강 : 식단, 수면, 운동, 건강검진, 청결과 위생을 결코 소홀히 하지 않는다.

- ☐ 배려와 존중 : 함께 하는 사람들을 있는 그대로 인정하고, 존중하며, 자부심을 높여 준다.

☐ 일과 가정의 균형 : 가족과 충분히 행복한 시간을 가질 수 있도록, 일할 때 몰입한다. 가족과 함께 할 때는 가족에게 집중한다.

☐ 덕 쌓기, 사회봉사 : 사회에서 내가 얻은 것들을 다시 봉사와 기부로 환원한다.

위의 습관 가운데 잘 유지해 왔지만 흐트러졌다고 생각되는 습관들은 다시금 점검하여 관성을 붙이기로 결단했고, 새롭게 갖고 싶은 습관은 기간을 정해서 자동화하는 것을 목표로 세웠다.

어떤 습관이 당신을 견인하는 엔진이 되도록 설계하고, 만들어 가고 싶은가? 반드시 완성해 나가고 싶은 좋은 습관들에 대해 생각하는 시간을 갖고, 하나씩 삶에 장착해 보기를 바란다.

성장을 위한 낫투두 리스트

빌 게이츠, 일론 머스크, 버락 오바마, 오프라 윈프리 등 세계의 저명인사들이 찾은 최고의 브레인 코치가 있다. 책 《마지막 몰입》의 저자이기도 한 그의 이름은 짐 퀵. 그는 25년 넘게 최정상급의 CEO, 운동선수, 배우, 각계각층의 성공한 사람들의 진정한 잠재력을 끌어낸 인물로 알려져 있다.

짐 퀵은 상위 10% 엘리트들의 특징을 연구했다. 그리고 그들에게서 흥미로운 공통점을 발견해 냈다. 바로, '**하지 말아야 할 행동 리스트 (Not to do list)**'가 있다는 것. 특별한 성과를 내기 위해서는, 해야 할 일을 잘하는 것도 중요하지만 하지 말아야 할 일을 하지 않는 것이 매우 중요했다.

하지 말아야 할 일은 다른 말로 하면 '나쁜 습관'에 해당되는 일이다. 나쁜 습관은 반복하면 할수록 관성이 붙고 단단히 굳어져 삶을 심각한 수준으로 망가뜨린다. 삶의 수준을 높이려면 나쁜 습관들을 가능한 한 줄이고 없애야만 한다.

문제는, 나쁜 습관을 마음먹은 대로 툭 끊어내기 어렵다는 데 있다. '흰곰 효과' 때문이다. '흰곰을 생각하지 말아야지' 하고 생각하면 오히려 머릿속에 흰곰이 더 생생하게 떠오르는 사고 억제의 역설적 효과다. 잊으려 할수록 더 생각이 나듯, 나쁜 습관을 하지 않겠다고 생각하면 나쁜 습관이 더 자주 떠오른다. 생각이 들면 들수록 행동으로 연결되게 마련이다.

그래서 전문가들은 나쁜 습관을 근절하기 위해서는 나쁜 습관을 대신할 대체 습관까지 함께 생각하라고 조언한다. 양립할 수 없는 대체 습관을 함께 떠올리고 실행하면, 나쁜 습관을 끊음과 동시에 좋은 습관까지 갖게 된다는 일거양득의 조언이다.

예를 들어, '당이 든 음료를 제한하자'고 마음을 먹었다고 해 보자. 절대 마시지 않겠다고 결심만 하지 말라. 갈증을 느낄 때 당이 들어간 음료 대신 시원한 물 한 컵을 마시고 여전히 달콤한 맛이 당기는지 살펴보는 대체 습관을 만들어 본다.

'다이어트를 위해 해로운 음식을 먹지 말자'고 결심했을 경우에도 단순히 먹으면 안 된다고 다짐하는 게 아니다. 해로운 음식을 먹고 싶을 때 그 대신 먹을 수 있는 신선한 오이나 방울토마토 같은 건강한 음식을 준비해서 먹는다. 음식을 참는 대신 다른 음식으로 대체하는 게 훨씬 효과적이다. 나 또한 이런 방식으로 식습관을 교정하여 15kg 감량에 성공할 수 있었다.

그렇다면 반드시 근절해야 하는 나쁜 습관들은 어떤 것들이 있을까? 상위 10%의 엘리트들은 절대 하지 않는 습관들을 찾아서 정리해 보았다.

1. 그저 지식으로 만족하는 것

상위 10%의 성공한 엘리트들은 '아는 것은 힘이 아니다'
라고 말한다. 그들은 단순히 알고 그치는 것을 경계하며 무
엇을 배우든 조금이라도 실행하는 것을 중요하게 여긴다.

2. 성급하게 포기하는 것

그들은 스스로 다짐한 것과 다른 사람들과 하기로 약속
한 것은 반드시 지킨다. 그리고 꾸준함의 힘을 안다. 그래서
시작한 지 얼마 안 된 상태에서 결과가 나오지 않는다며 성
급하게 포기하거나 중도하차를 선택하지 않는다.

3. 더 이상 배우려고 하지 않는 것

대부분의 사람들은 나이가 들면 더 이상 배우려고 하지
않는다. 이미 자신의 뇌는 수명을 다했다며 현재의 자리에
머무르는 것이다. 그러나 상위 10%의 엘리트들은 자신의 성
장 가능성을 믿고, 결코 멈추지 않는다(사실, 뇌 과학에서는

40~65세에 이르는 중년의 뇌가 인생에서 가장 똑똑한 뇌라는 연구들이 밝혀지고 있다).

4. 한 번에 여러 일을 동시에 하는 것

여러 일을 동시에 하면 생산성이 늘 것 같지만, 결과는 형편없게 된다. 사람의 뇌는 한 번에 하나의 정보만 인식할 수 있기 때문이다. 멀티태스킹을 하면 효율이 떨어지고 피로도가 급격하게 쌓인다는 것을 알기에 이들은 한 번에 하나씩, 순차적으로 일을 처리한다.

좋은 행동을 열 가지 늘리는 것보다 나쁜 행동을 한 가지 없애는 게 더욱 효과적이다. 건강한 열 가지 음식을 먹는 것보다 해로운 한 가지 음식을 먹지 않는 것이 건강에 더 좋듯이 말이다.

만일 위의 습관 리스트에서 하나라도 갖고 있는 습관이 있다면 그것부터 제거해 보자. 좋은 습관은 그 뒤에 하나씩 늘려가는 것으로 충분하다.

Blooming

나만의
낫투두 리스트 5

☐ 타인과 나를 비교하지 않고,

　외부의 시선이나 평가를 지나치게 신경 쓰지 말 것

☐ 지나친 완벽주의와 자기 검열로

　내 능력을 과소평가하거나 가능성을 제한하지 말 것

☐ 앞에서 하지 못할 말은 뒤에서도 하지 않을 것

☐ 내 의견만 옳다고 고집하며

　남의 의견을 무시하는 어리석음을 주의할 것

☐ 부정적인 영향을 주는 관계를 억지로 이어 나가지 않을 것

책을 적는 내내 떠올린 분들이 있다. 삶의 목표를 중심에 두고 부단히 노력하는 사람들, 도중에 넘어지더라도 다시 털고 일어나고, 성과가 있을 때는 함께 기뻐하고, 목표를 달성하면 새로운 목표를 세우며 계속해서 성장하고 나아가는 사람들.

이 책이 완성되어 갈 때쯤 내가 운영하는 네이버 카페에 그분들을 향한 공지 하나를 띄웠다. 책을 처음 기획하고, 소재를 하나하나 더 해나갈 때마다 그분들을 떠올리며 적은 만큼, 그분들께서 책의 첫 '추천사'란을 채워 주시면 참 감사하겠다고 말씀드리는 내용이었다.

"추천사가 도착했습니다(92)."

따뜻한 글들이 가득 전해졌다. 삶이 통째로 달라졌다고 하시는 분들의 감사 편지, 세상을 바라보는 관점이 달라지면서 하루하루를 행복하게 살게 되었다는 메시지, 우울감과 무기력감이 사라지고 새로 태어난 기분을 매일 느낀다는 반가운 소식…. 글들을 보며 많이 웃기도 했고 한편, 눈시울이 붉어질 정도로 감동하고 감사하게 되는 변화의 글들이 참 많이 도착했다.

소중한 응원의 글들을 전부 다 책에 담고 싶었지만, 지면의 제약으로 인해 몇 개만 골라야 하는 탓에 마음고생이 컸다. 이 자리를 빌려 다시 한번 따뜻한 응원의 메시지와 자신의 삶을 공유해 주신 모든 분께 감사의 말씀을 전한다.

삶이 바뀌었다고 말씀을 주시는 분들은, 어쩌면 목표를

달성하는 구체적인 방법을 알려주는 나의 강의를 듣고 변화가 일어났다고 생각하셨을 수도 있다. 내가 전달해 드렸던 강의에는 목표를 세우고, 실행하고, 실천해 내는 여러 방법이 담겨 있었으니까. 하지만 나는 단순히 목표 달성의 '방법' 자체가 그분들의 변화를 이끌었다고 생각하지는 않는다.

방법에 더해, '세상을 바라보는 프레임'이 달라지면서 태도와 사고방식이 달라졌기 때문에, 그리고 우리가 '함께할 수 있었기'에 이 모든 변화가 일어날 수 있었다고 본다.

이렇게 이야기할 수 있는 이유는, 나 자신이 과거에 이 과정을 온전히 겪어 내며 삶이 180도 바뀌었던 경험을 한 적이 있기 때문이다.

*

어린 시절, 나는 공부를 썩 잘하는 학생은 아니었다. 그러다 고등학교 때 뒤늦게 불이 붙어서 공부를 시작했고, 공부를 시작한 시점부터 좋은 성적을 받은 덕분에 좋은 대학에 진학할 수 있었다.

그러나 공부한 양에 비해 과분한 대학이라는 생각에 심한 부담감을 느끼게 되었다. 불안하고, 정신력도 약하고, 주변에서 하는 이야기에 영향을 크게 받는 성격이었던 나는, 그 열등감과 불안감을 잠재우기 위해 부단히도 애를 썼다. 꾸준히 노력하고, 누구보다 최선을 다했다고 말할 정도로 성실하게 대학 생활을 했다.

그럼에도 불구하고 불안은 쉽사리 잠재워지지 않았다. 노력 끝에 잘했다는 소리를 들어도 그게 정말 나의 노력 덕이라는 생각이 들지 않았고, 다시 스스로에게 무한히 채찍을 가했다. 불안감, 약한 정신력, 자신감 부족, 비교심, 열등감…. 이러한 다소 부정적인 해석들과 감정들을 돌아보면 모두 잘못된 프레임 때문이지만 그때는 미처 알지 못했다.

나의 프레임을 바꾸어 준 첫걸음은, 심리학 공부를 하면서 알게 된 이론으로부터 시작됐다. 마음과 생각이 한 개인에게 미치는 영향을 보며, 내가 스스로에게 '나는 부족해' 하며 잘못된 프레임을 씌우고 있었고, '부족한 나는 이 험난한 세상을 헤쳐 나가지 못할 거야'라며 세상에도 잘못된 프레임을 씌워 바라보고 있었음을 그때 깨닫게 됐다.

그때 알았다. 아무리 공부를 열심히 하고, 목표를 달성하는 법을 죽어라 실천해도, 모든 것의 뿌리인 마음과 생각의 프레임을 바꾸지 않고서는 변화가 시작되지 않음을. 내가 나를 믿어야만 나의 생각이 바뀌고, 그에 따라 행동이 바뀌고, 그에 따라 운명도 바뀔 수 있음을. 내가 나를 믿고 나니 나를 둘러싼 세상에서도 큰 변화들이 일어나기 시작했다.

그리고 또 하나. 내가 꽃을 활짝 피운 건 나 혼자 애쓰고 노력해서 된 것이 아니라 나를 위해 존재하던 단단한 토양과 따스하게 내리쬐어 주던 햇볕, 비에 휩쓸려서 떠내려가지 않도록 나를 붙잡아 주던 다른 뿌리들이 있었기 때문이라는 것이다.

내가 심리학 공부를 했던 것이 땅속에 뿌리를 내린 거라면, 그 뿌리가 땅속 깊이 내려가도록 도운 것은 나와 함께 해주던 선배, 멘토, 교수님, 코치 등 여러 사람들이었다.

그리고 토양 위로 뿅 하고 새싹을 내밀었을 때 비바람이 쳐서 다시 땅속으로 숨고 싶어지는 순간이 와도, 더욱 잘 자랄 수 있도록 나를 도와주던 가족들, 그리고 동료들, 함께 일하는 모든 이들이 존재했기에 가능한 일이었다. 그 줄기에서 꽃이 피어나고 꽃이 만개하도록 도운 것은 나의 커뮤니티 식구들의 응원과 성장이었다.

예쁜 꽃 한 송이는 그 자체로도 참 아름답지만, 함께 어우러지는 다른 꽃이 있을 때 더 아름답고 더 예쁜 화원이 될 수 있다. 더 나아가서는 예쁜 수목원이 될 수도 있음을 알게 되었다.

삶의 변화는 프레임의 전환으로부터 시작되고, 함께할 때 더욱 크고 풍성하게 온다는 것. 이것을 말하고 싶었다. 함께 해주어서 정말 감사드린다고. 그리고 삶의 모든 여정 가운데 함께하시는 하나님께도 감사드리고 싶다.

✳

마지막으로 전하고 싶은 것은, 겨울이 와서 땅에 시들어 떨어지더라도 걱정하지 말라는 것이다. 다시 해가 뜨는 계절에 예쁘게 피어날 테니까. 씨앗으로 시작해서 꽃이 되고, 겨울을 만나더라도 다시 자신의 계절이 되면 피어나는 것을 반복하며 아름답게 삶을 만들어 갈 것이다.

이 책을 읽는 모든 분에게 내가 받았던 세상의 배려가 글로 잘 전달되어 소중한 영양분이 될 수 있기를 바라며 정성껏 적어 내려갔다.

만일 당신이 나의 어린 시절과 같은 씨앗 단계라면, 불안하고 걱정되며 미래가 두려운 마음으로 이 책을 열었을 것이고, 막 땅에서 고개를 내밀은 새싹 단계라면 조금은 미래에 대한 기대감과 더 성장하고 싶은 마음에 이 책을 펼쳤을 것이다. 또는 '나는 이미 꽃이란 걸 알아!' 하며 자신만만한 마음으로 책을 읽기 시작했을지도 모른다. 당신이 누구든, 이 책이 당신을 더 아름답고, 단단하게 오래도록 피어나는 데 귀한 역할을 하길 바란다.

부록

무엇을 상상해도 그 이상으로 잘될
당신을 위한 문장들

❋ 자존감 ❋

당신이 누구든, 어디에 있든, 무엇을 하든, 당신은 꽃이다. 아직 피지는 않았을지라도, 언제 피어날지라도, 당신이 꽃이라는 사실은 변함이 없다. (9쪽)

당신이 살아온 그 어떤 날도 틀리지 않았으며, 활짝 피어날 것이다. 지금껏 걸어온 길이 앞날을 꽃길로 만들어 줄 것이다. (11쪽)

가장 아름다운 꽃은 가장 좋은 때에 피어나는 법이다. (11쪽)

지금껏 살아오면서 이미 잘하는 것들이 충분히 많이 생겼다는 사실을 의심해서는 안 된다. 너그러운 기준을 갖고 지금껏 내가 얻은 소중한 재료들을 살펴 보자. (45쪽)

자존감을 높이고 싶다면 스스로를 존중하는 선택을 하자. 자존감은 남이 아니라 자신이 만드는 것이니까. (91쪽)

사회적 기준을 따라가지 못하는 것만 같아 불안할 때면 외부로 향해 있는 시선을 나의 내면으로 돌려보자. 그리고 자신에게 무엇을 원하는지 묻자. (162쪽)

비교로 인한 고통은 대개 '나와 비슷한 수준'이라고 느낀 누군가가 현격히 더 좋은 경험을 하고 있음을 알게 될 때 찾아온다. 이 사실을 알게 된 후, 나는 비교하는 마음을 '나의 열정과 욕구가 무엇에 반응하는지'를 알려주는 시그널로 사용한다. (174쪽)

우리는 부러운 누군가를 볼 때, 반드시 왜곡된 시점을 보정해야 하고, 상대와 같은 성취를 이루고 싶다면 그에 준하는 노력을 할 각오를 해야 한다. (176쪽)

나는 나를 절대 포기하지 않았다. (10쪽)

모든 날, 모든 순간이 내가 꽃 피우는 데 양분이 되어 주었다. 후회할 행동을 하다가 정말 후회하게 됐을 때 그때를 기점으로 변화를 결심하게 됐고, 정말 성실하게 했는데도 원치 않는 결과를 맞이했을 때는 겸손함을 배웠으니까. 사람은 모든 경험을 통해서 이전보다 더 멋지게 살아갈 가능성이 넘치는 존재였다. (11쪽)

지금 우리가 하는 노력은 그 자체로 값지고 귀하다. 노력의 가치를 결코 폄하하지 말자. (37쪽)

천재는 노력하지 않고도 목표를 달성하는 사람이 아니라 노력의 고통을 이겨낼 수 있는 사람이다. (38쪽)

싸움에서 기세가 중요하듯, 인생에서도 기세가 전부다. (47쪽)

거인의 어깨 위에 올라서면 더 넓은 세상을 볼 수 있다. (67쪽)

성장과 한계를 가르는 매우 중요한 요소는 '스스로가 자신의 재능과 능력에 대해서 어떻게 생각하는지'였다. (70쪽)

용기를 내어, 현재에 안주함으로써 생기는 '불만'을 선택하기보다, 변화를 선택함으로써 생기는 '불안'을 선택하기를 바란다. (97쪽)

완벽한 시기는 존재하지 않으며, 사람은 '완벽'이 아니라 '완성도'를 높이는 데 초점을 두고 사는 것이 중요하다. (126쪽)

빠르게 실패하는 것이 가장 빠르게 성공하는 길이다. (127쪽)

삶도 게임처럼 바라보면 불필요한 긴장과 두려움을 덜어내어 기량을 제대로 발휘할 수 있다. 언제든 다시 할 수 있고, 설사 실패한다 해도 실패의 경험으로 인해 다음에 더 능숙해짐을 알 때 우리는 시작 앞에서 망설이지 않게 된다. (197쪽)

인간이 어떤 활동을 할 때 높은 만족감을 얻고 그 행동을 지속하기
위해서는 '외재적 동기'보다 '내재적 동기'가 필요하다. (22쪽)

우리는 시키는 것을 잘하는 삶에서, 자발적이고 능동적으로 선택하
는 삶으로 변해야만 한다. (25쪽)

당신이 만약 '무엇부터 해야 할까?', '어떤 노력을 기울여야 삶이 점점
더 나아질까?'를 고민하고 있다면, 다른 무엇보다도 '나 자신과 만나
는 노력, 나 자신과 친해지는 노력'을 우선순위에 두도록 하자. (26쪽)

세상에는 정답이 없고 각자의 정답만이 존재하기에, 우리는 우리만
의 정답을 만들어 가야 한다. (26쪽)

모든 일은 내가 결정해서 한 일이다. (52쪽)

자기 인생을 스스로 주도한다는 주체성과 자율성은 깊은 행복감과

만족감의 원천이 된다. (53쪽)

우리는 우리가 꿈꾸는 대로 살게 된다. (100쪽)

꿈을 꾸지 않는다면 꿈을 이룰 수조차 없다. 자신이 무엇을 원하는지 모른다면 자신이 원하는 삶을 결코 살 수 없다는 말이다. (101쪽)

우리는 편안한 상태를 벗어나 두려움을 감내하고 배울 때만 성장할수 있다. (146쪽)

시작의 가치는 시작 자체로 이미 충분하다. (155쪽)

행복은 고난이 위장된 '축복의 통로'라는 사실을 깨달았을 때 찾아 왔다. (30쪽)

삶의 어느 페이지에서나 기뻐하기를. 고난이 깊을수록 축복도 깊으 리라는 것을 기억하며, 일상의 소소한 것들에 더 감사하고 감사하기 를. (31쪽)

현재에 집중하는 삶은 그 자체로 더 행복하고 충족감을 주기에 노인 이 될수록 행복해졌다. (80쪽)

좋았던 과거를 회상하는 것도, 긍정적으로 미래를 기대하는 것도, 그 저 현재를 주목하는 것보다 더 나은 중심점이 될 수 없다. (80쪽)

어떤 생각이 몰려오더라도 그 생각들의 바탕에 여여하게 있는 그 마 음자리, 잡다한 생각들을 다 치우고 나면 드러나는 그 맑은 자리에 머물 때 우리는 언제 어디서라도 행복해진다. (83쪽)

당신의 빛나는 미래를 위해, 당장 부정 스위치를 달칵 꺼버리자. 그리고 믿음으로 만든 긍정 스위치를 탁 켜자. 아름답고 행복한 삶은, 그런 삶을 꿈꾸고 믿는 자들에게 선물처럼 허락되는 것이다. (122쪽)

어려운 상황을 돌파하게 했던 것은 다른 게 아니라 그 상황을 해석하는 나의 태도와 자세에 있었다. (133쪽)

'감사'의 진면목은 상황이 좋을 때나 내 감정이 기쁠 때보다, 상황이 어렵거나 마음이 어두울 때 드러난다는 것이다. (136쪽)

감사하기 어렵다고 느낄 때가 사실은 더욱 감사해야 할 때다. (138쪽)

자신을 힘들게 했던 과거의 사건들로 아파하기보다는, 다가오는 미래에 대한 걱정과 불안으로 긴장하기보다는, 현재 자신에게 주어진 것들에 감사하기를. (141쪽)

결과가 예상대로 좋았을 때도, 예상보다 더 좋았을 때도, 혹은 예상과 다르게 펼쳐져 실망스러웠을 때조차도, 나는 그 사건들을 통해 깨닫고, 성장하고, 성숙해졌다. (154쪽)

꽃은 누구에게나 핀다

ⓒ 오은환, 2023

초판 1쇄 발행 2023년 9월 19일
초판 4쇄 발행 2024년 1월 25일

지은이 오은환
기획편집 박서영
디자인 책장점
콘텐츠 그룹 기소미 문혜진 박서영 이가람 전연교 정다솔 정다움

펴낸이 전승환
펴낸곳 책읽어주는남자
신고번호 제2021-000003호
이메일 book_romance@naver.com

ISBN 979-11-91891-40-9 03810